U0049075

四次敲門聲

네 번의 노크

凱西케이시 著

黃莞婷 譯

好評推薦

不同角色的視角，在《四次敲門聲》裡交疊出的，不僅是案件真相的種種可能，也是韓國女性在社會中可能面臨的各種問題，以及她們為了未來僅餘的一點光明，大可咬著牙關直到滲出血來，也願意獻上的祭品。

在充滿戲劇性的驚悚高潮後，《四次敲門聲》既指出難以逆轉的苦，也留下一絲光明的希望。但，那絲光明真有那麼絕對嗎？透過小說留下的蛛絲馬跡稍加想像，或許一切仍在未定之天，一如現實可能美好，也可能殘酷到總是超出我們想像。

——出前一廷（影／書評）

男子殞命於女性專用樓層的樓梯間！一樁命案的探查，揭示六個女人的慘澹生活，她們沒有名字，默默居住於龍蛇混雜、牆壁輕薄的老舊大樓，並互相觀望、臆測對方隱私。被社會忽視的新手和落敗者們努力在嚴峻的世界中求生，然而她們冀望未來，而非耽溺當下的沉寂失意；灰暗難明的黯淡人性，難以預測的劇情走向，搭載敲門聲次數的寓意，飄散懸疑多變的氣息，讀者屏氣凝神等待見證六個嫌疑犯滿懷希望逃離，或是被陰慘孤獨吞噬而朽爛。

——余小芳（推理評論家）

《四次敲門聲》深刻描繪出住在某大樓三樓內各種社會底層「奇怪的人」，環境的逼仄、生存的困苦、鄰居的噪音、別人異樣的目光和批評等，把他們壓到絕望的邊緣。為求生存，獵物互相啃噬，能笑到最後的到底是誰？抑或在深淵之中仍保有希望和良知，才能看到光明？這是一部既誘人細讀，同時讓人窒息的作品！

——望日（推理作家）

以湊佳苗式獨白上演的超高質量韓國犯罪劇。「全員無名氏」的設定不但映照冷漠公寓的獨居者現實，更翻轉為驚爆真相的漂亮伏筆。是誰在說謊？誰又是被害者與加害者？我非常高興閱讀到這本翻開後就停不下來的刺激故事，租屋在外，小心鄰居！

——喬齊安（台灣犯罪作家聯會成員，推理評論家）

表面上是一本懸疑推理作品，骨子裡其實是一部女性小說。藉由一具男屍的出現，引導出六名女性住戶的陳述與獨白；透過六種不同的職業，勾勒出六個受困於社會黑暗面的女性縮影。六個角色沒有名字，僅有代表住戶的編號，暗示每個女性皆有可能淪落至相同的命運。雖是虛構故事，卻帶出血淋淋的現實人生，頗有宮部美幸之風，值得一讀。

——黃羅（推理讀書人）

第一部　內部調查

【內部調查書】

■概要

○日期：○月○○日13:30
○地點：○○洞○○居住用大樓二樓與三樓之間階梯
○報案者：306室住戶（姓名：○○○；女；56歲）

■事故經過

○死者為303室住戶的男友。案發當天，死者進入空無一人的屋裡，逗留了兩個多小時後，被發現倒在大樓的二樓與三樓之間。

○大樓管委306室住戶報警，表示有一名臉部浮腫的男人昏迷倒在大樓裡。屍檢結果顯示，死者氣道收縮，窒息身亡。

○特別事項：死者於六個月前投保死亡險。警方根據近來常見的保險謀殺案為主要調查方向，展開了內部調查。

○本案發生在走廊式套房大樓的女性專用樓層，刑事科重案組對目擊者進行了調查。

■**調查進度**

正在對六名三樓住戶進行調查。

■**媒體報導風向**

無。

【301室證人陳述】

■**錄音日期**：○月○○日12:30
■**錄音地點**：陳述錄音室
■**證人**：301室住戶○○○
■**訊問者**：刑事科重案組搜查官
■**對話形式**：一對一

■**負責搜查官意見**

證人為當地聞名的巫師，她願意協助調查。警方已查看過近三個月的閉路電視影像，並未發現她出入303室的痕跡。我們擴大了與死者相關的調查範圍，對所有三樓房客進行了調查，未發現任何明顯嫌疑人。證人聲稱聽過疑似男性死者的聲音。為了深入挖掘這一線索，證人表示願意全力配合證人調查。全程紀錄以文件形式附上。

■**陳述內容**

您去過森林嗎？

在森林深處抬頭仰望那被樹林遮蔽的天空，偶爾會看到神奇的景象。樹枝末端為了不互相碰觸，彼此間自然地留出空間，就像是一幅天然的巨型藝術作品，令人驚奇。那些樹木不約而同地分配出自己的空間，從某個角度看去，像是天空碎成了一片片，又像在平靜湖面上漂浮的樹葉碎片，也像波浪的樣子。我不知道是什麼樣的自然機制讓樹葉能夠如此巧妙地避免互相接觸，但每當我看見這樣的景象，我總會沉浸在大自然的奧祕中。

為了獲得更多的陽光，樹木不斷地向天空伸展，然而，當它的枝葉開始與鄰近的樹相交疊，阻礙了光合作用的進行，它們就不得不與鄰樹展開一場無聲的競爭。在這場漫長的爭奪中，樹木決定締結條約——尊重彼此的領域，並和平相處。唯有如此，才能保證自己的生存，同時也讓比自己矮小的植物得以獲得陽光。

樹木締結了對所有成員都公平且不吃虧的條約，並將其刻印於它們的基因中，亙久傳承。它成了一條不會被打破的永恆和平條款。

從演化的視角來看，物理距離上的和平實為一種卓越的生存策略。在動物界中，攻擊性行為往往是為了保衛自己的領域。當彼此的距離過近時，動物就會發出威嚇的咆哮聲。人類在這方面與動物並無太大差異。當人與人之間的距離過於接近時，低俗與貪婪的欲望便容易暴露無疑，僅有在保持適當的社交距離，人類才能維持禮貌，保持人性。就像那些保持距離的樹葉一樣。

當我第一次來到這一帶時，我立刻感覺自己置身於森林深處。廣義而言，這種感覺相當自然，具體來說，它像是一片原始的叢林。這裡的房客在狹窄的空間中生活著，彼此密不可分，卻又各自保持著原始的面貌。我們必須堅守各自的領域，同時也向著更高處伸展，以確保生存。

在大自然的規則之下，形成了一條互不碰觸與互不侵犯彼此領域的條約。這不僅是一種自我保護的策略，也反映了對他人領域的漠然態度。這種策略在這裡也岌岌可危地被採用。然而，無論去到何處，總會有那些不遵守規則的個體。他們無視他們應遵守的界線，隨意進出。輕微的話是侵害，但更嚴重時則變成了侵犯或侵入。當許多個體一同進入他人領域時就變為越界，有時甚至會演變成戰爭。在這個世界上，處處都有人試圖打破這些規則。自然界中存在捕食者與被捕食者。有些人以生存為名，殺害他人。

森林的根基是土地。土地具有一種無形的力量，能在同一地方不斷地孕育出相同的作物。但如果不給予土地休息的機會，土壤中的養分就會逐漸耗盡。要讓土地重新恢復地力，就必須通過其他方式，如施肥、挪移並混合其他土地的土壤，或使其休息。

這一帶的地力已經因為過度擁擠的居住條件而枯竭。這是由於生活在這裡的人們，儘管水準相似卻被迫在狹小的空間裡互相擠壓而導致。只有當像肥料一樣的好人搬進來，或者像混合不同土壤那樣形成多元化的社交圈子時，地力才能得到恢復。正如土地需要休息與恢復一樣，人們也需要最低限度的閒暇與休息時間。然而，要實現這一理想狀態，談何容易呢？

在這裡，肥料也意味著那些小小的成功。一旦人們取得社會或經濟上的成就，他們就會離開這個缺乏名為「成功」的養分的地方。如果我的經濟狀況允許，我也會選擇立刻離開這裡。因此，我的話並不是在批評誰，只是對現實的一種陳述。搜查官您也是女性，我相信您也非常清楚，這個地區並不適合年輕女性獨自居住。

什麼？我才想反問您，為什麼要打量我的穿著？我只是一個配合調查的誠實證人而已。假如您因為我穿著較短的衣服，和我緩慢的說話速度，就誤以為我從事某些特別的職業，那您就大錯特錯了。如果有人對您說，很少會有女人當刑警，您會有怎樣的感受？您好像認為我看起來像個酒吧女，才會問出這種問題。可是，如果您真心希望我配合調查，那麼請先收起您的成見，並對我展現出應有的尊重。

話說回來，那個男人現在怎樣了呢？

〔302室證人陳述〕

■**錄音日期：**○月○○日14:00
■**錄音地點：**陳述錄音室
■**證人：**302室住戶○○○
■**訊問者：**刑事科重案組搜查官
■**對話形式：**一對一

■**負責搜查官意見**

302室女性是自由工作者，從事設計業。由於大多時間都在家中工作，因此精準掌握了三樓住戶相關資訊。證人在回答問題時，提供了詳盡的資訊。此外，由於她有每天寫日記的習慣，這使得其陳述可信度高，內容也經閉路電視影像進行了查證。全程紀錄以文件形式附上。

■**陳述內容**

我也是第一次搬來這一區。我的第一印象是：赤裸裸的真實、陳年的傷痕，以及某種深藏的自卑情結。這裡就像是這座繁華閃亮的城市不願示人的那一部分。

眾所周知，這一區的租金最便宜，而且距離市中心不遠。無論是搭地鐵或公車，一小時內就能到達城市的任何角落。作為一名接案的自由設計師，我偶爾需要外出與客戶會面。就這點來說，這一區對我這樣的自由工作者頗有利。

當時我急需找到住處，加上預算有限，這裡便成了我無可選擇的選擇。我一開始不太想搬來，但實際上看過之後，發現它比我想像中要好。不，更準確地說是「還可以」。

這一區住了很多單身者和小家庭，因此逐漸形成了針對這些家庭的客製化市場。這裡有賣小分量的水果和專為單人設計的烤肉店。從教育品質、交通便利性到治安情況來看，這裡並不算是一個優越的居住環境，而是一個更注重成本效益的地方。時間一長，我也就慢慢適應了。反正我大部分時間都待在家裡，對我來說，最重要的考量是，在相同的租金下，我能不能租到一個相對更大的空間。

這裡有一個令人感到遺憾的地方。由於租金相對低廉，所以龍蛇混雜，動不動就上電視或上報紙。當然不是上政治、經濟或是藝文版，通常是社會新聞版。最近，這裡甚至出現一些行為特異的怪咖，連續好幾天成了新聞焦點。當初我決定搬到這個地方時，我的家人強烈反對，勸我多考慮一下。

這裡一到夜晚，各種聲音便開始在窗外此起彼伏。從窗戶透進來的是，喝醉的人高聲談笑、互相爭吵或打架聲，還有那刺耳的汽車喇叭，改造排氣管的外送機車發出的轟鳴，警察的警笛聲也是不絕於耳。這裡的人好像都被貧窮追逐著，不論是自行車、機車還是汽車，無一例外，都在狂飆。特別是當我聽見那急促的煞車聲，我的耳朵就會不自覺地豎起，滿腦子充滿不祥的預感。

這個區域同時也是許多離家出走的青少年的避風港，而對經濟條件有限的夫妻來說，這裡成了他們新婚房首選。附近還有許多工廠，因此這裡也吸引了不少外籍勞工定居。另外，我經常看到三四個人結伴而行，這裡可能也有一些住宅被用作員工宿舍。

在這裡，穿著螢光背心的警察常常忙於驅逐那些大聲喧嘩的人群。街道上散落著各種廣告傳單、菸蒂、裝有吃剩披薩的盒子以及各種一次性垃圾。這裡的鴿子經常吃著人類的嘔吐物，以致於變得異常肥胖。

這棟十層高的舊大樓，由於其鄰近地鐵站的便利位置，對社會新鮮人來說，算是一個相當不錯的選擇。在這一區，有許多這樣的大樓，我當初因為它們長太像而迷路了好幾次。這一帶的居民經濟水準大致相同。如果要製作一張平均收入分布圖的話，我相信大多數人的收入會位於中下游30%到50%範圍內。而如果要製作一張資產分布圖，這裡的居民可能位在倒數10%到30%之間。

當時的房仲也猜到了我的情況，帶我參觀了一些我能負擔得起的房屋。從那些物件，每一間狹小的屋子都映射出我的社會地位。一種無法言喻的悲哀感油然而生。在幾間屋子中，現在住的大樓最符合我的條件。他帶我看其他屋子的時候，看出了我的黯淡表情，或許是出於同情，他大發慈悲帶我去看了這個「壓箱寶」，也就是我現在住的大樓。

這棟大樓的入口處和每個樓層都設有閉路電視，附近還有一間派出所。另外，與我看過的其他屋子相比，這裡的空間更為寬敞，租金也相對便宜。我沒有太多選擇餘地，當天便毫不猶豫地簽了約。

我家是三樓走廊中間那一戶。每一層有六戶，根據與電梯的距離進行編號。

從電梯出來，左邊的屋子依序是301室、302室、303室，而在303室的對面，依序則是304室、305室和306室。房東非常照顧房客，因此一樓、二樓和三樓都專門出租給女性房客。這是我選擇這裡的重要原因之一。再者，還有一個我無法抗拒的甜蜜誘惑：

一次性支付兩年的租金就享有八折優惠。

當我爸去世時，他分別留給我和我哥購買一間小房子的錢。金額不多也不少。我們是單親家庭，我爸離世後，家裡只剩下我和哥哥。原先，哥哥、大嫂和他們的兩個孩子，還有我，我們五個人一起生活。但後來我哥突然說要做生意，賣掉了房子，我不得不搬出來獨自居住。起先我打算用那筆錢買輛小車，但因為突如其來的搬家需求，我不得不將買車的錢用在了租屋上。這就是我為什麼匆忙搬家的原因。

新家有所有需要的家具和家電，包括桌子、衣櫃、瓦斯爐、冰箱和電視，所以我搬家時只需要帶上衣服就夠了。我租了一輛最小型的貨車，但我的行李少得可憐，就連小小的貨車空間也填不滿。我還記得那時的我有些悲傷。因為行李少，也意味著人生能留下的痕跡有限。

新家比我之前住的地方大了一倍，最讓我滿意的是它有一個獨立的臥室，所以，廚房做飯的氣味不會沾染到臥室。

然而，令我遺憾的是這一戶的位置。我家是３０２，位於３０１和３０３之間。我對噪音很敏感，對我這樣的人來說，這樣的位置不太理想。

住在這裡的第一晚，我才真正理解房東為何提供那樣誘人的租金優惠。這裡的聲音無處不在：一開窗，耳邊立刻充斥地鐵的喧囂；一關窗，又換成了其他住戶的生活噪音。每當地鐵駛過，我都能感受到微微的震動，更令人不悅的是，一入夜，樓下吸菸的人群就會一一聚集，他們的菸味會飄到三樓。

嗯。３０１室住戶似乎是上夜班的。她總是試圖用濃妝掩飾自己的年齡。無論是什麼季節，她總喜歡穿著露出臀部的迷你裙，就連我這個女性看了都感到有些難為情。她似乎鍾愛黑色和皮革的搭配，我每次見到她，都是黑色皮夾克搭配迷你裙和黑絲襪。她剪著一頭非常適合她的短髮。身高約一百六十公分，穿上高跟鞋後，看上去像是一百七十公分左右的高挑身材。

她略微凸出的小腹，我猜想可能是因為缺乏運動。不過，在我看來，那反而增添了她獨特的魅力。我自己偏瘦，所以有點羨慕那一點。

３０１室住戶凌晨回家後不會洗澡，而是直接就寢。這樣的習慣對我來說還不錯。也許是因為她的工作場所就有浴室，所以才能回家後直接入睡。每天傍晚都會傳來她準備上班的忙碌聲音。

即使我和３０１室住戶經常在走廊上偶遇，我們的交流仍僅限於簡單的招呼。奇怪的是，我最常遇見的三樓住戶就是住在３０１室的她，她經常問候我的近況和工作情況，像是「最近過得好嗎？」、「工作還順利嗎？」這些問題對我們這樣年紀相仿的女性，有些出乎意料，所以我總是回答得含糊其詞。她雖然舉止有禮，表情卻總是顯得很冷漠，尤其是她那充滿威脅性的眼神。我感覺，僅僅與那雙眼睛對視，就足以讓人喪失鬥志，全身變得僵硬。那種感覺讓我很不自在，加上我本來就傾向與人保持一定距離，所以我沒和她深入交談過。

我以前的住戶中，有些鄰居很喜歡和人互動，經常會突然敲門或借東西，像是吹風機之類的。那讓我感到很困擾。我更喜歡只問候的關係。畢竟，我並不打算永遠住在這裡。

在其他地區，居民們可能會熱情地相互問好，但在這一區，不打招呼是一種不成文的規定。這裡的每個人都帶著一種敏感、憤怒、冷漠又木然的表情。言語無法形容年輕人陰鬱表情背後的冰冷感，他們既不哭也不笑，而老年人的臉上也看不出從容。

這裡的住戶雖然大致上了解彼此的私生活，但都嚴格遵守著絕不越界的規則。這種行為應該如何定義呢？該稱之為禮貌？漠不關心？抑或冷酷無情呢？在我看來，那更像是那些渴望早日脫離這裡，過上像個人一樣的生活的人們自設的規則。我也認同這樣的規則，並且正在為能離開這裡而努力。我認為這個地方不過是一個暫時的棲身之所，一個為了將來能活得像個人，暫時整頓人生的地方。

過了中年還住在這裡，不就是個魯蛇嗎？我不想成為人生失敗者。那看起來很悲慘。

我不想要獨居到死。孤獨死是很可怕又悲傷的事，不是嗎？因此，我更努力地工作，因為地獄近在眼前。我認為那些殘酷的失敗經驗會在不知不覺中被大腦記下，甚至滲透到DNA裡，代代相傳。為了擺脫那份恐懼，我經常逃避現實。我的人生太過現實，以致於我反而偏好幻想。我對那些非現實的人事物感到著迷，它們能讓我忘記現實。大家都在忍受著抑鬱的人生，一天天活下去。

雖然這裡作為一個暫時的停泊港還不錯，但若永遠都在此處棲身，將使人自嘆淒涼與鬱悶，我想大多數的住戶都會同意這點的。幸運的是，我早已做好心理準備，因此在過去的兩年中，我成為一台麻木的工作機器。

剛簽約的時候，房東告訴我，有任何問題都可以聯絡306室住戶。306室的阿姨說自己負責這棟大樓的各種雜事，包括打掃等，就像這棟大樓的班長一樣。

她每天會勤勉地打掃一樓到十樓的走廊和樓梯，並且替房東跑腿。我不確定她是不是幫忙管理，但她似乎不需要付房租。有一次，我正巧聽見她在走廊講電話，生氣地提到了哪幾戶沒有繳租金。看著那位年過五十的阿姨，我下定決心要更加努力工作。

306室阿姨在我搬家第二天就來敲了我家的門，問我是不是新搬來的，等自我介紹後也表示有需要的可以找她。我順口提起浴室的蓮蓬頭有點髒，她立刻去雜物間拿了一個新的蓮蓬頭，並替我換上。她挽起袖子和褲腳，走進浴室，老練、迅速地換好。

然而，在換蓮蓬頭的短暫時間裡，她的話匣子好像被打開了。手在動，嘴巴也沒閒著。我聽得有點疲憊。

她不斷地追問我的私生活，如從事什麼工作、有沒有男朋友、怎麼會搬到這裡來、幾歲等等。我開始覺得３０６室阿姨是個大嘴巴，愛八卦他人私生活，然後大肆宣揚，所以我盡可能迴避掉她的提問，但她會窮追不捨地轉移到下個話題。

她大部分都在批評這棟大樓的房客，像是男性住戶居多的四到八樓的走廊很髒；有一戶是兩名男性同居，看起來像是同性戀；在走廊上聽見某戶人家播放聖歌，貌似是虔誠的信徒卻滿口都是偏見與仇恨的言論。她的言論充滿了無知與厭惡的奇異邪教面貌，令人反感。

她認為３０１室住戶長得漂亮卻沒禮貌；３０３室住戶偶爾會發出奇怪的呻吟聲；３０４室住戶是個陰沉的肥胖繭居族，還調侃３０５室住戶是全身都有刺青、臉上釘了鐵的怪物，最後自詡自己是三樓唯一的正常人。我敢打包票，她絕對在我背後說了我壞話。

我是一個敏感的人，不喜歡麻煩也不喜歡給人添麻煩。即使是洗碗這樣的日常家務，我都會小心翼翼地避免碗盤碰撞；咳嗽時會用毛巾捂住嘴；我盡量選在其他住戶不在家時洗衣服。說是洗衣服，其實我只會洗毛巾、內衣和輕便的家居T恤，其他多數手洗。

生理現象也同樣如此。放屁的時候，我會輕輕抬起一側屁股，盡量不發出聲響，如果不小心發出了聲音，我會露出不好意思的表情。儘管那是在我自己的家裡。

至於手機，當然會設成靜音模式。鈴聲會干擾到其他人，這不用多說，我連震動模式都避免使用。因為這是一棟老建築，震動會透過地板傳到鄰居家或樓下。

直到那時，我才意識到人體會發出這麼多聲音，控制來自身體的聲音就像活在監獄一樣。如果要用一個詞來形容這種生活，最準確的應該是「悲慘」。我覺得克制生理現象是一種不人道的生活方式。是真的。我之所以能夠忍受這種令人窒息的生活，原因只有一個，那就是租金。我別無選擇。其他的選項都需要投入大量資金。為了日後能搬到更好的地方，我把這裡視為短暫的喘息之地。我只能忍受。別無他法。

在某種程度上，我能夠控制自己對噪音的容忍度，然而，不斷增加且不受我控制地，不明來歷的噪音逐漸困擾著我。由於我是一個自由工作者，長時間待在家裡，很少外出。因此，我住在這裡一段時間後，已經大致掌握了三樓其他住戶的生活模式。

我無意間知道了一些我未必想知道的事情，如其他人的上下班時間、鬧鐘設定的時間、需要響幾次才會起床、有沒有男朋友、以及他們的個性等。我甚至能透過信箱了解她們的經濟狀況：有些信箱放了銀行債務催繳信件，以及未繳納的水電費通知單。這些不必要的資訊持續進入我的大腦，使我不甚愉快。

我對305室住戶唯一的了解來自306室阿姨。她一再地提到自己打掃走廊時曾看到一個衣服沾滿血跡的男人從305室跑出來。當我第一次聽到這件事時，不可避免地感到害怕。聽見有人渾身是血地逃跑，任誰都會害怕吧？那時，我真切地感受到了這個地方的不尋常。啊，這裡真是個不平凡的地方。

幾天後，我偶然遇到了305室住戶。真的非常嚇人。我通常會爬樓梯到三樓，但那天電梯剛好停在一樓，因此我在電梯門關上前一刻衝進去。我一直遵守這裡的規則——鄰居見面時僅簡單問候。但當我第一眼看到她時，真的印象深刻。她的眉毛與嘴唇上都有穿孔，耳朵上也有幾個閃亮的鍍鉻耳釘，一邊大概有六、七個。

我的視線落在她左側的脖子上，我看見了一個眼鏡蛇的頭，而另一側脖頸則有一個約莫有半個手套大的人眼刺青圖案。連脖子上都有眼睛，我真不知道該把視線放在哪裡好。她的胸口、腰部和臀部大概紋了眼鏡蛇的身體和尾巴吧？二區分式[1]髮型、寬鬆的褲子、運動鞋，乍看還以為是男人，但臉部線條卻很女性化。管它什麼規不規則，我忍不住仔細打量她。

她注意到了我尷尬的表情，友善地回以尷尬的笑容與問候。我的視線不由自主地游移於她脖子上的刺青與臉上的穿孔，她甚至連舌頭都打了孔。我徹底破壞了這裡的規則。她笑著說「抱歉，嚇到你了吧，我住在３０５。在附近的地鐵站前面賣飾品。」她看起來既有禮貌又文靜，這和我在腦海中所想的她截然不同。

那一刻，我為自己的先入為主感到羞愧。隨著她的手部動作，封閉的空間裡揚起微弱的風，一陣我喜歡的香氣迅速在空氣中瀰漫開來。那不是強烈的菸味，而是一種清新甜蜜的香氣。當香氣飄到我鼻尖時，就彷彿有人扯住了我的嘴角一樣，我不禁露出了微笑。

她知道我住在她對面後，邊遞給我一張名片，邊說如果我有興趣購買飾品就找她，她會給我打折。那張名片上沒有地址，只有一個部落格網址。她的客套是明知我不會光顧的機械式反應。她在對話時像是公司的新進行銷員工，穿著和臉蛋卻像地下獨立搖滾樂團成員。

３０６室阿姨竟然把這種人形容成怪物。我有點生氣，也因為自己的先入為主而感到慚愧。我很抱歉受到他人的話左右而擅自評價一個人。我想，如果下次再見面，我會給她一個友善的微笑。

另一個特別的房客是３０３室。她是我的隔壁鄰居，也是走廊盡頭的住戶。那一戶經常發出來由不明的噪音，因此，我經常得戴著耳機聽音樂工作。但不知從何時開始，那些噪音造成的震動穿透我的耳機，激發了我的想像力。就像所有突如其來的噪音一樣，它讓我產生極端可怕的想像。

嗖、嘶嗖、空咚、空咚咚咚空，這些不規則的聲音，有時聽起來像小狗在抓牆，有時卻像屋裡東西掉落地板時發出的沉悶撞擊聲。這些聲音總是勾起我的無限聯想。是怎麼了呢？有人的頭撞到地上嗎？我陷入各種想像中，不禁焦急地等待下一次的聲響。

然後，如果我聽到有人講電話的聲音，我就會鬆口氣。我不確定303室住戶是否為了改變家居氛圍而經常變動家具擺設，還是使用了床與書桌能自由變換的變形家具，我總是能聽見重物撞擊地板的聲音。我想大概是從那時開始的吧？我會通過噪音猜測情況，一聽見聲音就會像拼湊拼圖一樣，試圖拼出整個畫面。

隨著噪音越來越大，我冒出各種想法，例如「她是不是小看我？」、「她瞧不起我嗎？」。我曾經考慮過使用白噪音，像是海浪聲、水聲或溪谷流水聲，來迴避這些噪音的影響，但隨著噪音日益嚴重，我的身體也開始出現了反應。

---

1 二區分式髮型，通常是以耳朵為中線，分為上下兩個區塊，上部頭髮稍長，下部則剪短或削邊。

連一點小動靜都會引起我的生理反應，我對那樣的自己感到憤怒。我經常自問，為什麼會被那種不規律、無法預測的聲音影響？隨著時間過去，我的壓力指數直衝天際，我開始認為她是故意在折磨我。由於不知何時會發生的噪音攻擊，我不得不倚賴安眠藥才能入睡。

一開始，我聯絡了房東，告訴他噪音給我帶來極大的痛苦。房東答應會警告303室住戶。結果只安靜了一天，噪音便捲土重來。

經過多次反覆後，我開始思考是否要敲一敲她的房門，並且該說什麼才能讓她安靜下來。最後，我還是只貼了張紙條。我盡量保持禮貌，告訴她我被噪音搞得神經衰弱，請她減少噪音。我認為我的措詞足夠小心了。

您好，我是住在您隔壁的302室房客，很抱歉沒見過面就冒昧地寫了這張紙條。是這樣的，最近，我有時會被突然的撞擊聲嚇醒，撞擊地板的聲音傳到我家來了。當然，最大的問題出在這棟老舊的大樓。不過您是否能在客廳地板上放一塊墊子呢？我之所以提出這樣的不情之請，是因為我在家的時間較長，請您不要介意，我很樂意負擔一半的費用。謝謝。

——302室房客

之後的一段時間裡很安靜。我有了種打勝仗的微妙心情，認為那張紙條發揮了作用。一段時間過去後，我幾乎忘記了303室住戶的存在。我真心感謝我的鄰居減輕了我的噪音壓力。對本應是理所當然的事感到感激，真是諷刺啊。

日復一日的日常生活讓我厭煩。某一天，我參加完客戶公司的會議，正在回家的路上。那是我兩週以來難得的一次外出。家附近的人行道上擠滿了通勤人群，就像一群不知從哪裡湧出的蟑螂一樣。在那許多人中，我注意到一個女人。她的表情格外地悲傷與不安。該說那是一個失去孩子的母親，還是一個失去母親的孩子的表情呢？她的眼神游移不定，四處張望。即使我站在對面，也能看得很清楚。

她顯得極度疲倦與焦慮，像是被誰追趕著一樣，恐懼深刻地寫在她的臉上，不安嚴重到讓旁觀者都感到難為情。她就像是不知對何物上癮，並正在經歷戒斷期的癮君子，寬鬆的衣物掩飾了肥胖的身材，衣服上印著孩子們喜愛的動畫角色。她看起來已經過了任由母親擺佈衣著的年齡，所以看上去很不尋常。

儘管她身上有許多奇特之處，不過當時我只是覺得怪人到處有，大城市特別多，因此沒有太過在意。然而，現在回想起來，她確實非常特別。我可以明確地說，我並未扭曲記憶。

那焦慮的身影尚未從我瞳孔殘像中消失，我竟在三樓再次遇見了她。原來她是同一層樓的住戶。我立刻想起了幾天前她在人行道上的表情。是相同的表情：疲憊，就像被人追趕一樣。我注意到她緊緊地抱在胸口的東西：一個裝有色彩繽紛，生氣勃勃的觀賞魚的透明塑膠袋。她彷彿揣著一個珍貴的瓷器般抱在懷裡。

我嘗試看著她的眼睛，對她打招呼，但很難與她進行眼神交流。我先打招呼，她也勉為其難地回應了我。哪怕只是句簡單的問候，她也結結巴巴，語尾模糊。我們的視線交錯在空中，始終無法對上。

當我走到家門口時，我假裝在包包中找東西，故意放慢了開門的動作。她看到我不進家門，猶豫了一下，深深地吸了口氣，彷彿下了重大決心，然後才匆忙走進304室。我清楚記得當時她大力的關門聲嚇到了我。

當時我清楚地知道了，「原來關門時格外大力的人是304室住戶」。或許是因為她每次關門都會發出砰的一聲，門縫錯位才導致門發出吱的聲音。因此，我能根據那聲音區分出是303室還是304室的開門聲。

這一切都非常奇怪。我在外面見到304室住戶時，她看起來非常不安，眼神充滿焦慮。

然而，當她在屋裡和某人通電話的時候，聲音卻變得非常活潑開朗，我甚至聽過她的笑聲。差點以為那間屋裡還有其他人。

表情或許可以努力隱藏，但聲音中蘊含的情緒是千萬遍練習也隱藏不來的。３０４室剛好在我家斜對面，平常我聽不到她的聲音，那天卻特別清晰。那個聲音和平常在外聽見的聲音太不一樣了，幾乎讓我誤以為是別人。

我搬進來大概過了三個月左右？某天傍晚時分，窗外飄來陣陣烤麵包的香氣。不久後，我聽見３０３室的門開了。腳步聲非常短促，停在了３０４室的門前。然後，我聽到有人敲門，那個人問３０４室住戶：「要不要吃杯子蛋糕？」聲音溫柔得就像對孩子說話一樣。光是聲音，我就能窺見對方的表情。

一陣沉默過後，走廊瀰漫著３０４室女人有些誇張的笑聲，她說「啊，謝謝」。突然，我被走廊上傳來的巨響嚇了一跳，然後，又聽到門發出吱吱聲，關上了。第一次見面的時候３０４室住戶也是這樣，她的關門聲特別大。為什麼她無法意識到這會打擾到周圍的人呢？我打算以後如果再遇到她的話，要請她注意這一點。這是否與電梯內的告示「請多加注意走廊噪音問題」有些重疊？會太煩人嗎？

聲音中有很多資訊，我推測３０４室住戶大概是二十多歲，但這只是我的猜測。從她有些壓抑的語氣、聲調和誇張的笑聲來看，我認為她是一個社交能力較差或有智力障礙的人。

由於我當時正好餓了，內心期待３０３室住戶也送杯子蛋糕過來。但卻沒有。我向房東抗議噪音干擾，還在門口貼了紙條，她可能看我不順眼吧。我對素昧平生的３０３室住戶感到失望，不過那也無可奈何，畢竟這一區的規則是「遠離鄰居」。

約莫兩天後吧？３０３室的門再次打開。我聽到敲門聲，３０４室住戶高興地迎接她。和第一次不同，她收斂了誇張的笑聲，只是簡單地說了謝謝。也許３０３室住戶警告了她，告訴她這一層住著我這樣一位敏感大魔王。

第一次敲門時，３０４室住戶表現得很客氣，但現在她們之間已經用很親暱的語氣稱呼對方。３０４室住戶稱呼３０３室住戶「姐姐」。３０３室的開門聲、敲門聲，３０４室的開門聲，以及砰的關門聲，這一切似乎成了一種日常慣例。她們好像聊了約一小時。我隱約能聽見笑聲。

她們的親近讓我羨慕。在這個笑容也是奢侈的冷漠地方，能夠享受朋友的陪伴與一同嬉笑是一種奢侈，我逐漸意識到自己的孤獨。因為我總是全心全意地投入工作，孤獨是必然的。

３０３室住戶和３０４室住戶越來越親密，親密得讓人羨慕。她們的笑聲甚至傳到了外面。於是，我關掉了填滿家裡空虛的波浪聲與火車聲，一邊聽著她們的聲音，一邊專心處理設計工作。這樣一來，即使一個人工作，也不再感到疲憊或孤單。

隨著時間的流逝，我逐漸能夠分辨出住戶和快遞大叔的腳步聲。

然而，有一天，我聽見一個陌生的腳步聲，不像是住在女性專用樓層的房客腳步聲，更像是男人的皮鞋敲地聲。對方的步伐聽起來緩慢而高大。

那個男人毫不猶豫地進入了３０３室。我很快就聽見男人粗重的咳嗽聲，好像在和某人通話。不久後，我聽見一陣急促的腳步聲。３０３室住戶匆匆回到家中。

男人似乎克制不住怒氣，發出了近似哭泣的呻吟聲，好像在責備女人晚了，從聲音推測，該名男子可能是三十多歲，而從對話節奏推測，由於經常聽到吐氣聲，我想他在抽菸。

女人一次次的哭喊與道歉不斷地刺激著我的耳朵。我不知所措地停下手邊的工作，全神貫注傾聽３０３室的動靜。即使我不想在意，但由於情況顯然不尋常，我無法忽視。我在手機中預先輸入了１１２[2]，隨時準備報警。

我認真考慮過報案，不過他們暫時安靜了。男人的情緒似乎逐漸平靜下來，我聽見了女人的笑聲，這使我稍微感到安心。就當我正打算戴上耳機、繼續工作時，接下來的聲音更讓我尷尬。

從聲音的沉悶感來看，我猜想他們可能在浴室裡。平時隔壁傳來的聲音已經夠清晰了，但浴室更勝一籌。因為她家的浴室與我家共用一面牆。我先聽見了蓮蓬頭發出的嘩啦啦水聲，然後聽見被水淋溼的肉體發出強烈撞擊聲。僅從聲音，我就能猜出他們採取了什麼姿勢。他們好像為了蓋過呻吟才打開蓮蓬頭，但聲音仍然穿過了強烈的水柱聲。

男人好像正在竭盡全力填滿他的飢渴，過度的飢渴，我想整個三樓大概都聽見了吧。說不定聲音還透過浴室水管傳到樓上和樓下。

幸運的是，那令人臉紅心跳的聲音並沒有持續太久。我聽見了他匆忙穿上衣服，腳在地板上踩踏的聲音。我也感覺到一種被獨自留下的孤獨感。男人離開後，303室住戶好像打給了某人，她哭了，最後去了304室。我的直覺告訴我這百分百是約會暴力。

當我開始對303室住戶產生興趣。我意識到這不僅僅是好奇心，我自己也有類似的經驗——那種想要安全地結束一段關係，卻發現這遠比想像中困難的感覺。就像隔壁女性的男友一樣，他的存在讓人不寒而慄。

之後，只要我聽見男人的腳步聲，我就會不由自主地重複相同的模式。當那沉重的腳步聲傳來，我就會靜悄悄地拿下耳機，那感覺就像觀看電影之前的預告片，充滿了緊張。我屏息凝神，等待接下來的場景。而當男人一到，浴室裡便立刻充斥著肉體撞擊聲與女人的呻吟。這種聲音有時讓人不禁聯想到303室的女性在絕望中的呼救。

皮鞋男進出303室的頻率很不固定，時而連續三天露面，時而一週、甚至更久地不見人影。某一天，我聽見了一個不同的腳步聲。那腳步聲同樣來自皮鞋，但卻截然不同。它小心翼翼，彷彿是踮起腳尖走路般。這是個會考慮到鄰居安寧的人。當那輕盈的腳步聲經過我家門前，我原以為是304室的訪客，正當我想著「304室搬進來不久就有訪客了啊」、「繭居族也是有家人和朋友的呢」時，打開又關上的卻是303室的門。我肯定那是不同的男人。

這讓我猜想，303室住戶和那個步伐沉重的男人分手了——和那個不懂做愛禮貌的約會暴力男分手。我對此感到一絲喜悅，她安全地結束了一段不健康的關係。我發現自己不知不覺中真切地關心著303室住戶。

2　韓國警察局的緊急聯絡電話。

這位新來的男人非常體貼。他走進303室後打了一通電話，語氣溫柔且充滿溫暖。他那低沉的笑聲異常動聽。他的到來似乎帶來一股和平的氣息，潺潺的水聲和303室中傳來愉快笑聲交織在一起，彷彿把天堂的畫面描繪在這座大樓般。

不久後，我聽見303室住戶的腳步聲。門開了，一片歡聲笑語。那些聲音透過牆壁傳來，雖然略顯模糊，但我仍能感受到她的快樂情緒。她高昂的聲調和笑聲感染了我，那天晚上，我也沉浸在那份歡愉之中，一夜好眠，神清氣爽地迎接早晨。那天似乎是她第一次帶新男人回家。他們並未急於發展關係，而是選擇輕鬆聊天，然後一塊離開。從那之後，一切都變得安穩、平靜而和平。

此外，我的生活也似乎受到這份和諧的感染，之前困擾我的噪音逐漸減少，我的工作開始得到人們的認可，新客戶源源不斷。大約在那時，我手頭一次會有三、四個項目，雖然睡眠時間有所減少，但我並不感到困擾。我計畫儘快搬到郊區一個有工作室的華廈，因此不分平日與週末，每天都只睡四、五個小時，但我依然很開心，因為一個充滿希望的未來就在我眼前展開。

新男人和舊男人不一樣。他好像讓303室住戶變得很快樂，對他深深著迷，就連我也感到高興，喜歡上了他。

我發現３０３室和３０４室住戶好像一直相處融洽。無論是自製的杯子蛋糕還是多餘的水果，３０３室住戶都會分享給３０４室住戶。看著她們的互動，我感到嫉妒，渴望能介入兩人的關係。

我的生活中除了工作之外，幾乎不會接觸到其他人。在這裡，我沒有朋友。我開始懷念與某人見面、大笑閒聊的時光。我知道３０４室住戶通常中午十二點左右起床，於是，一天下午，我買了些水果打算敲３０４室住戶的門。我自己也不太清楚我當時為什麼會那麼做。可能只是一時的衝動。

我不清楚是因為我認為３０４室住戶比３０３室住戶更親切，或者是因為我見過她的害羞，覺得她很隨和，又或許是那一刻我莫名的自信，讓我覺得比她優越的我紆尊降貴與她結交，她理當欣然接受？

當我敲了３０４室的門，我立刻聽到腳步聲接近。門開了。我發現自己和３０４室住戶只見過一面，彼此並不熟悉，所以她看起來充滿警戒。她的頭髮自我們上次見面以來長了不少。我的頭髮也偏長，但相比之下，幾乎足不出戶的３０４室住戶已經髮長過臀，接近大腿。她的髮質還不錯，看來她在家裡也很注重洗頭與護髮。不知道是不是出於我的偏見，以前我當義工的時候見過很多頭髮出油的人。304室住戶顯然是一個注重個人衛生與保養的繭居族。

面對害羞的304室住戶，我也裝出害羞的表情與語氣，試圖讓氣氛輕鬆些。「我買了很多水果，捨不得扔掉，一起分著吃吧？」我小心翼翼地向她遞出裝有水果的紙袋。她的反應和我第一次見到她時一樣，不敢抬頭，目光定格在地面上。我透過門縫，打量她的屋內，注意到了幾個小型的水族箱。

由於遮光窗簾和百葉窗都被拉上，屋裡也沒有開大燈，因此即使是白天，屋內也顯得相當昏暗。水族館中散發著溫暖的光線，顯示了飼主的用心。我猜想，或許在她的生活中，觀賞這些魚兒游來游去是唯一的樂趣吧。

當尷尬地接過水果並道謝時，她露出了一個害羞的笑容。從那短暫的笑容中，我能感受到她在裝飾水族箱時的幸福模樣。然而，站在她面前的那一刻，我有種奇怪的感覺。好像是因為我太過孤單了，與她近距離接觸時，我不由自主地思考，或許僅僅因為孤獨而強行交朋友是個錯誤。我迅速且含糊地結束這次的交流，道了聲再見就離開了。

304室住戶的反應確實與眾不同，正如我第一次見到她時所感受到的那樣，她內心的不安引起了某種生理上的排斥反應。是因為與我不同而產生的恐懼，或者是恐懼與不適感交錯的情緒？雖然303室住戶和304室住戶相處得很好，但我發現她們其實並不是同類人。

我安慰自己，這種感覺可能是因為我一個人太過忙碌於工作，沒有找到真正讓心靈完全休息的地方。於是，我像往常一樣，將注意力全然投入到設計工作中。我刻意地讓自己更加專注於工作。我覺得我必須那麼做。

那天晚上，事情有了新的轉變。這一次，是３０４室的門開了。我聽到了她走進３０３室的聲音。以往總是３０３室住戶去訪問３０４室住戶，這次卻反過來了。我好奇地將耳朵貼在牆上，試圖聽清楚她們的對話，但只能聽到些許模糊的聲音。３０３室女性偶爾會提高聲音，聽起來像高談己見，就像一位嚴格的老師。經過一段時間的對話後，３０３室住戶的聲音再次拉高，然後又恢復了安靜。

我不禁感到內疚，覺得之前分享水果可能是一個錯誤。她們在３０３室待了很長時間。在我的印象中，這是３０４室住戶第一次去３０３室。她從傍晚進去，一直待到凌晨兩點多。我確信自己的觀察沒錯。雖然這麼做有些不妥，我還是在日記本上詳細記錄下了這次異常的事件。我自嘲地想著自己是否過於投入工作而變得孤單，那晚，我吃了些平常不會吃的宵夜，喝了點酒，好不容易睡著了。那是一個不喝酒就難以安眠的夜晚。

在一次偶然的機會下，我得知了３０３室住戶的職業。她的信箱塞著一封來自「社會福利工作者協會」的信件。突然間，我意識到３０３室住戶是一名社工師，她與有智力障礙的３０４室住戶走得很近。這段期間各種摸不著頭腦的行跡，瞬間拼湊完成。她那如鐘點般的準時上下班、準備杯子蛋糕、水果和食物的善意行為，現在一切都有了解釋。

我對３０４室住戶有智力障礙的了解，也是類似的情況。我曾經見過３０４室信箱中塞著一封來自殘疾人組織的信。既然她沒有生理上的障礙，那就是智力障礙了。得知這一點後，我甚至感到欣慰，能夠看見３０３室社工照顧３０４室這位輕度智力障礙者。

我繼續著我的日常生活，忙著接各種設計案。隨著存款的增多，工作量也不斷地增加。我開始夢想結束在這裡的生活，搬往郊區更寬敞的房子。這種幻想已經成為我日常生活中不可或缺的一部分。每當我有空閒時間，我就會開始規劃如何裝修那個未來的家。我現在的家具都相當老舊，脫漆嚴重，而且是租屋時附帶的，我並不怎麼滿意。

在我決定搬到哪棟房子之前，我腦海中已經佈置好了家具，也想好要在家裡使用哪種香氛。夢想開始變得清晰可見。在當下的生活中，用想像來填充時間成了我忍耐現狀的最佳方式。過去的生活充滿了不愉快的回憶，現在則沉悶且乏味，我只能依靠夢想著未來生活來維持內心的平靜。

失眠的夜晚對我來說並不陌生。我的酒量有限，通常只喝利口酒。在工作繁重，無法入眠時，我會求助於安眠藥。但有些夜晚，即使是安眠藥也無濟於事，那麼我就會選擇將牛奶或飲料和利口酒混喝來幫助入睡。

就在那個凌晨，我又再次失眠了。於是我喝了些酒。在酒精的幫助下，我終於一覺睡到日上三竿。我故意不設鬧鐘，想睡到自然醒，但夢中的我被窗外的喧囂聲吵醒。那是一陣震耳欲聾的腳步聲與震動。聲音、震動和擾人的情緒一起撲向了我。那種想自然醒卻被人吵醒的不悅一閃而逝。

砰、砰、砰。

是那個熟悉的沉重腳步聲。當我正思索著「怎麼回事？不是已經分手了嗎？」時，那男人已經大步地走過我的門口，猛地關上了303室房門。他們又和好了嗎？那個溫柔的男人會怎樣？如果是劈腿，會不會出事？我開始感到煩躁。站在我沒見過面的303室女性的立場上想，我的這些多慮確實有些可笑。

男人進入303室後，一切就陷入了寂靜。我緊張地聆聽著，心底不斷地揣測可能發生的事情。十多分鐘的提心吊膽之後，我才稍微放鬆下來。大約過了兩小時吧，一聲突如其來的巨響打破了寂靜。那聲音像在空氣中激起了波動，震動穿過牆面，衝擊著我的全身。

那不是單純硬物落地的聲音。它聽起來像是某個柔軟物體掉落的聲音。彷彿一個包裹在柔軟外皮中的堅硬物體撞擊到地面的聲響。

那聲音從地板順著我的身體往上爬，在我的腦海中迴響。我幾乎不能動彈，整個人陷入一種高度緊張狀態。

儘管恐懼，但好奇心驅使著我，我踮起腳尖，小心翼翼地接近牆壁。我將耳朵貼在牆上，深深地吸了一口氣，努力傾聽隔壁的動靜。我聽到了抽屜被匆忙打開再關上的聲音。儘管看不見，但那種急促的聲音似乎透露出對方的焦慮。我試圖安慰自己，告訴自己那只是不小心將有水的花盆打翻在地毯上的聲音。然而，內心的不安依然揮之不去。那個物體墜落的聲音，不禁讓我聯想到人倒在地上的景象。

在那沉悶的撞擊聲之後，伴隨著一陣匆忙的聲音，然後一切又陷入了寂靜。就在我感到疑惑之際，門又突然被打開，走廊裡再次傳來男人的腳步聲。這次的腳步聲與進入時的聲音截然不同，像是一個步伐歪斜的醉漢。

他會不會傷害了那個女人？是不是推倒了她？或者更糟糕的，他殺了她？我試圖拼起這些碎片卻湊不出確切的答案。隨著時間過去，我越來越擔心３０３室住戶，但我沒有勇氣去敲她的門，也找不出打１１９的合理藉口。因為我完全聽不見任何人活動的聲音，我的各種想像逐漸演變成女人的死亡。

我注意到那個男人並沒有乘坐電梯離去，而是選擇走下樓。因為我匆忙跑到大門，把耳朵貼在門上，但沒有聽到電梯到達的聲音。

在緊急情況下，我下定決心，打開了門。當我站在303室門口時，我開始猶豫，「我真的可以隨意開這扇門嗎？」這個問題在我心中迴盪，但那個砰的聲音依然在我的腦海中盤旋不去。我深吸一口氣，感覺到自己的心臟怦怦直跳。那是我這輩子心臟跳得最快的一次。我從未聽見過心臟發出這麼快且如此巨大的聲音，它彷彿撼動我的全身。我想，如果現在有人突然出現，我可能會被嚇得坐倒在地，無法做出任何反應。

我輕輕地敲了敲303室的門，同時心神不定地轉動著門把。在那一刻，我腦海中湧現出無數的想像。我害怕，如果我把門把轉到底，拉開門，會不會導致房裡產生什麼變化？我停頓了大約兩次，最後還是下定決心，想著「如果真有人倒下，即使早一秒也好，必須儘快送醫救治才行」，我用力拉門。但是，門並沒有絲毫移動，我用全身的重量再次試圖拉開門，卻依然無法打開。

當我發現門怎麼也打不開時，我反而鬆了一口氣。但在完全放鬆之前，我突然想起了304室住戶。我立刻轉身敲了304室的門。304室住戶看起來有些頹廢地探出頭來，我急切地問她是否聽見303室剛才發出的聲音。看到304室住戶的表情，我才意識到自己的呼吸與聲音是多麼地急促與顫抖。３０４室住戶以她特有的恐懼與緊張神情回答說她沒聽見任何聲音。

在無計可施的情況下，我只好返回我家。一進門，我才意識到自己背上已經被冷汗浸透。回到家後，我再次凝神細聽，試圖捕捉來自３０３室的任何聲音。因為縱使是微不足道的聲響也足以證明她沒事。然而，時間一分一秒地過去，３０３室依舊沉寂無聲。這時，我突然想起房東曾經說過的話：「如果大樓有什麼問題就聯絡３０６室住戶」。若是平時的我，可能會選擇發訊息，但在這種緊急情況下，我迫不及待地打了電話。為了避免解釋太多複雜的細節，我稍微拉高了嗓門，假裝是因為３０３室的吵鬧聲影響到我的休息。３０６室住戶聽到我的說詞後，表示自己正在打掃七樓，會立刻下來處理，並承諾會好好地提醒３０３室住戶。

掛斷電話後，我這才有餘裕看時間。發現已經下午一點。這時我才想起，現在是３０３室住戶上班的時間。意識到這一點後，我深深地鬆了一口氣，放下了心中的大石。

【303室證人陳述】

■錄音日期：○月○○日18:30

■錄音地點：陳述錄音室

■訊問者：刑事科重案組搜查官

■對話形式：一對一

■負責搜查官意見

證人為死者的女友。一名擁有五年資歷的社工師。根據證人陳述，她與死者關係並不融洽。死者最後的行跡出現在303室，儘管當時證人因休假並不在家，但這並不排除她從證人變成嫌疑人的可能性。作為與死者有著直接關係的人，證人對此感到極度不安，這種不信任感也延伸到了調查中。全程紀錄以文件形式附上。

■陳述內容

我搬到這裡大概已經五年了吧？沒有特別原因，主要是因為它離我的公司很近，而且房租在這個區域是最便宜的。或許這也解釋了為什麼這裡總是很多笨拙的菜鳥駕駛。他們既謹慎又魯莽。這個地方是新手與失敗者的聚集地，因此各種事件和事故總是接二連三地發生。

簡單來說，這裡是一個黏踢踢的地方。它讓我想到那些生意不好的餐廳廚房，到處是汙垢，還有很多蟑螂和老鼠出沒。這裡的人身上散發出一種壓抑氣息，它就像黏稠的霧氣般瀰漫在空氣中，壓抑、悲傷、刻薄、憤怒等，所有的負面情緒都混雜在一起，變得黏膩。

啊，我是一名社工師。我在一個不算富裕的家庭中長大，從小就尋求一份穩定的工作，最後考進了社會福利系。要是我的學業成績更好一些，我或許會成為一名小學教師；要是成績再更好一些，我可能會成為一名小兒科醫生。我特別喜歡小孩。當然了，誰不喜歡小孩呢？

我就讀的大學並不特別有名，但也不至於沒沒無聞。我之所以選擇它，是因為它至少是大家都有所聽聞的學校。這就是我選擇它的唯一理由。我並不是因為被這份工作召喚才成為社工師的。現在的人似乎都懷抱著使命感生活，但我認為那種東西只存在於童話書中。我成為社工師，純粹是因為這是一份穩定的工作。

您不用用那種眼神看我。我會協助進行這次的調查，但請不要期待我表現得多親切。

我打了四年的工，度過了平凡的學生時光，並且順利地成為社工師。在我取得資格證之後，我順利地在一家身心障礙福利中心找到了工作。

我選擇搬到這個區域的原因很簡單：它離我工作的地點很近。當然，還有一個原因是我沒有足夠的積蓄，而且我的家庭環境也無法支持我購屋。儘管這棟大樓較老舊，但很適合單身族。

我看完房子後想也不想就簽了約，主要是因為這棟大樓的一樓到三樓只租給女性房客，而且大門與每層樓都設有閉路電視。這讓我感到安心。另外，我剛開始工作就能申請低利率貸款。這對我是一個好處。畢竟我沒有太多選擇的餘地。

起初，我的夢想是成為一名社工師，我想像著自己會與那些擁有燦爛笑容的孩子一起玩耍，沉浸在孩子的歡笑聲中。對兒童福祉的興趣驅使我走上了這條路。當然了，我一開始並沒有打算照顧獨居老人，或在養老院聽著老人含痰的咳嗽聲，處理他們的大小便。因為那樣的工作需要真正的使命感。

我不想在身心障礙福利中心工作也是出於同樣原因。我希望找到的是照顧孩子的工作，但由於我的經濟狀況不允許，我只好選擇能最快就業的機會，而我也順利被現在的工作地點錄取了。

轉眼間，我已經在這裡工作了五年。雖然有時候會感到疲憊，但幸運的是，大部分艱難的工作都由起居照顧員與志工負責。我的工作主要是處理辦公室的行政事務。

是的。這是我大學畢業後的第一份工作。一開始，工作的確讓我感到很鬱悶和疲憊，但隨著工作的進展，我開始有更多機會出外訪問負責區域內的殘疾人家庭。相較於辦公室的內勤工作，我更喜歡出外勤。這不僅因為我能夠有更多時間處理個人事務，比如銀行業務，或是在忙碌之間找到一些休息時刻。當我逐漸熟悉了我的工作職責後，我開始考慮在這裡工作直到退休。嗯。這並不困難。畢竟那些最辛苦的工作都由其他人負責了。儘管如此，要應對人們打來抱怨東抱怨西的電話，依然很煩人。我想當龜毛的顧客對廚師精心烹調的料理過鹹或過甜，挑三撿四時，廚師的心情可能也和我一樣吧。好笑的是，我們所提供的食物其實都是免費的，不是嗎？

就像我根據成績來決定申請哪所大學一樣，我也基於自己的條件挑選男友。我的想法是，只要我客觀地評估自己的外貌與身材，然後選擇與我相配的男人就行了。了解自己擁有的商品的價值，並做出符合這個價值的選擇，不正是最明智的做法嗎？當時，我正值花樣年華，有份穩定的工作，周圍的男人開始對我展開追求。

朋友介紹了好幾個男人給我，我要做的就是深入了解他們，然後從中做出選擇。現在回想起來，我承認我當時的動機並不高尚，但我知道如何客觀地評估自己的條件。那時的我比現在年輕、漂亮，工作穩定，而且充滿自信。

挑選男人的標準其實非常簡單——看他們的經濟實力。我需要一個能讓我麻雀變鳳凰的男人。男人看重女人的臉蛋，女人則考量男人的口袋深度，這是人類最原始的本能。從史前時代開始，人類就是這樣進化的。這個世界本就沒有所謂的純愛，不是嗎？沒有養家能力的男人自然會被淘汰。這是一種自然現象，所以我希望您不要用看庸俗之人的眼神看我。

朋友介紹的那些男人，我一個都看不上眼，於是，我決定擴大我的選擇範圍，轉而尋找開最昂貴汽車的男人。我對汽車並不是太了解，不過對品牌還是有基本的認識。

我最終選擇了一個開紅色賓士的男人。當然，我後來才知道他的車款是3 Series，而且是中古車。那輛車雖然小巧，但跑起來很有力。儘管那不是我的車，但每次從那輛車下來，我總覺得自己高人一等。特別是它在S型的蜿蜒山路上轉彎時，感覺真的很棒。遺憾的是，我對那輛車的喜愛多於對那個男人。

老實說，我選擇他並不僅僅是因為他的經濟實力。我沒那麼勢利。我們第一次見面時，他手上拿著幾張路邊發的廣告傳單。這讓我意識到他是個會收下路邊發放的傳單的人。而且他和我見面的時候，甚至沒有把手機背面朝上。這代表他是個沒有祕密的人。他非常照顧乳製品過敏的我，在我們交往期間，他沒有點過自己喜歡的拿鐵，他說他只有在我不在的時候才會喝。他的體貼是我選擇與他交往的原因。他不會過分地迷戀我也很好。他在痴迷與跟蹤之間謹守了適當的界線，給了我被疼愛與珍惜的感覺。

他就像一隻隨身保護我的大狗。一隻像黃金獵犬一樣的狗。嗯。他給我的感覺不僅僅是一個看門狗的角色，我更陶醉於他給予的安全感。我已經誠實坦白了我的想法，所以希望您不要再用這樣的眼神看我。

那個男人開了一家咖啡廳，店裡有兩名員工。他的店白天賣咖啡，晚上賣葡萄酒和其他酒。是個日夜都保持著適切風格的咖啡廳。

對我這個三十歲出頭的女人來說，咖啡廳老闆無疑是一個非常吸引人的職業。我曾想過，與那樣的男人在一起，即使年紀大了，我們也不會遇到經濟問題。可能也是因為這個原因，我逐漸對他產生了感情。儘管他的相貌並不特別出眾，但也不至於令我丟臉。他體格健壯，經常穿著西裝和皮鞋。我特別喜歡這一點。我對制服有一定的幻想。我喜歡他整潔正式的打扮，以及他的紳士風度。

然而，咖啡廳終歸是一個進入門檻不高的行業，不是嗎？當附近新開了一家大型咖啡廳，他的生意便受到了影響。他曾考慮過裁減一名員工，但最終，他不得不面對更嚴峻的現實——關店。

事實上，咖啡廳這種行業不需要特別的技巧或經驗，只要你有足夠的資金，就可以在黃金地段開一家大型店面，雇用更多的員工。但當事業遇到困境時，人們往往最先承受的是心理壓力。隨著經濟狀況的不穩定，那個男人也變了。變化來得很突然。

他開始覬覦我為數不多的薪水。起初，他像安撫哭泣的孩子一樣，平靜地勸我貸款，強烈推薦我進行投資，聲稱只要有那筆貸款，他就能東山再起。儘管他口頭上顯得自信滿滿，但他的表情卻透露出絕望。我厭惡那樣的他。隨著時間過去，他的真面目逐漸暴露。面對判若兩人的他，我希望他死了算了。他怎麼能在我面前毫不掩飾自己的脆弱？那種話其實是威脅，對吧？我不在乎他的生死，但不要在我面前。我希望他瞞著我，一個人安靜地去死。最好也不要讓任何人發現。

在我幾次堅決拒絕他的貸款請求後，他開始接觸私人貸款。在短短不到三個月的時間，他就賣掉了自己的二手賓士和屋子，搬到一個破舊的地方。我不想去他新家，他也沒邀請我去。嗯，想當然是個破舊的房子吧？他似乎也為自己落魄的新居感到丟臉。如果換成我，我也會做同樣的事。

他的完蛋真的是一瞬間的事。到了那種地步，我知道我必須找到一個藉口來結束我們的關係。我內心深處清楚地知道我應該馬上提分手，實際上卻非常困難，我也害怕。然而，我並不願意冒險去拯救一個已經失敗的男人。畢竟我們沒結婚也沒有孩子，不是嗎？

他的生活有了瓶頸，任何約會都不再使他快樂，就連床第之事，他也興趣缺缺。他曾經結實的身體變得鬆弛，以往硬朗的那地方也變得軟綿無力。他似乎陷入深深的自卑之中，但他從不向我展露自己的內心世界。我知道他已經夠痛苦了。

大約在那段艱難的時期，那個男人開始頻繁地進出我家，時間一長，他的行為讓人越來越無法忍受，他開始跪在地上哀求我借他錢。我試圖放低姿勢，像是他唯一的救世主一樣，屈膝與他平視。他的祈求聲含糊不清，就像用方言祈禱一樣，我聽不明白他在說什麼。當我看到他流淚的樣子時，我差點心軟了。

他大概一共來過我家五次吧。雖然他沒有使用暴力，但因為我一直猶豫，他的行為開始變得粗魯，眼神凶狠，表情暴戾，完全失去了控制。他會看向天空或發出好幾聲粗重的嘆氣。他的身體就像一個充氣的氣球，隨著他的情緒起伏膨脹、收縮。

啊啊——啊啊啊——啊啊啊啊——

他在我面前突然失控，展現出各種誇張的表情和動作，讓我感覺就像在看一場話劇。他的身體會隨著我的表情和話語不斷地上下擺動，嗓門也變得越來越大。他從一隻堅強的大狗變成了一隻敏感的小狗。實際上，我並不怕他。我甚至想過，如果他對我動用暴力，我會毫不反抗地全盤接受，但我不會四處宣揚他對我動手的事。因為變成被男人施暴的女人對我來說是一種羞辱。我只是認為一旦他動了手，我就有了明確的分手理由。

然而，儘管他舉起了手，他最終還是沒有動作。他也許會打自己，但不是那種會對別人施暴的人。好吧。至少他最初的紳士風度並非全是假象。

我屢次堅定地拒絕他的借錢請求，並假裝感到內疚。他一定信了我的演技，因為我演得太逼真，幾乎都要騙過自己了。我擔心如果不那樣做，他總有一天會發瘋，會傷害我。人被逼到懸崖邊就會變成野獸，我必須盡可能地安撫他。別無他法。溫柔地提分手，對我和他都是最好的選擇。

當他冷靜下來後，他告訴我他在我家等我，有話要說。我下班後立刻趕回家。當然我已經做好準備——邊向他致歉，邊拒絕他的借錢要求。出乎意料的是，這次他並沒有提起借錢的事。

相反，他笑了。這讓我感到困惑。他是真心地笑。他努力忍住笑意卻笑得越來越厲害，讓我不禁懷疑他是否中了樂透卻有心隱瞞。因為我知道他用手頭上為數不多的錢去買了樂透。

當我問他是不是中了樂透時，他否認了。我真心懷疑他是否因為過度疲憊，精神出了狀況。因為他展現出來的笑容，只可能出現在樂透得主臉上。

我正準備脫下外套掛在衣架上時，他突然粗暴地抓住了我的手，強迫我坐在沙發上。他在空無一人的家裡四處張望後，跪了下去，目光緊緊地鎖定在我身上。他深吸了好幾口氣，壓低聲音說道：

「我的房子是貸款買的，我覺得即使再貸款也借不到多少錢，所以我打算嘗試另一種方法。」我並不想回應他說的任何話。我知道我需要找到一個分手藉口，所以我只是靜靜地聽著，試圖判斷他的下一步會是什麼。從那時起，我開始害怕他的表情突然改變後，可能會做出一些衝動的事。

在這個過程中，他面帶歉意與苦澀，而我試著表現出一種為難和無能為力的模樣，我覺得自己的演技相當到位。當我將他想像成一個快要餓死的孩子，情感的投入就變得意外容易。實際上，這句話也沒錯吧？他真的是快死了。

當他的呼吸逐漸平復後，他提出了一個新的計畫：「我們不要通過貸款，試著免費弄到更多的錢吧。」他要求我提供資訊。他的計畫是接近獨居的殘疾人士，慫恿他們為像我這樣平常親如手足、子女般的社工師投保，這樣即使受到調查時，我也能提供強而有力的不在場證明與合理的辯護理由。

調查？在他描述投保計畫及後續行動時，我已經無法保持冷靜。我的表演戛然而止。我怒火中燒，用盡全身力氣叫了起來。即使不看鏡子，我也能感覺到自己的臉因憤怒而漲得通紅。我是真的生氣。我幾乎忍不住想給他一耳光。活到今天，我奉公守法，沒有交過任何罰款，無論是過去、現在，還是未來，我都會活得光明磊落，死得無愧於心。我的人生中不會出現監獄。

那個男人已經完全失去了理智。儘管我千方百計想擺脫那個瘋男人，卻想不出好的解決方法。那個曾謹守痴迷與跟蹤之間界線的男人，突然間變成了一個跟蹤狂。他甚至跑到我公司，堅持自己的想法是對的，要我再考慮一下。這不是瘋了是什麼？我迫切地想擺脫掉那傢伙。我就是在那時候意識我需要一個全新的突破口。因為如果他能追到我的上班地點，那他的精神狀態肯定已經失常了。

他很快地就把自己的金錢與身心都耗盡了。曾經的紳士變成了一個焦躁不安的傻瓜。他的行為和我照顧的孩子沒什麼不同。真是幼稚的想法。竟然想搞保險詐欺？當他看到我大發雷霆的反應便怯懦地離開了。我展現的怒火讓他不敢再提起保險詐欺計畫，他完全被我的怒氣所震攝了。喔，等等，一想起這件事，我又一肚子火。

然而，更令人錯愕的事還在後頭。他隔天帶來了一份壽險投保保單。他的行為徹底越線了。直覺告訴我，是時候結束這段關係了。在我準備開口提分手之際……

他竟然要求我成為他的保險受益人。他解釋說，這樣即使在極端情況下，保險金也不會被債權人查封。當我問為什麼需要保壽險時，他解釋說，根據保險的時效規定，如果投保人在兩年內自殺，法律上是不能領取保險金的。

就在我露出困惑不解的表情時，他說：「因為我可能會自殺。」他解釋說，壽險保單中有兩年自殺免責期，這份壽險在某種程度上是他承諾了未來兩年內不會自殺，而他希望自己在兩年內能夠重新站起來，萬一他失敗了，他希望透過這份保險，在死後對我負起一定的責任。

雖然他的狀態看起來有些異常，但我相信只要他肯努力，他一定能重振旗鼓。因此，我接受了他的提議，想著至少能爭取到兩年的時間。兩年應該足夠讓他東山再起。但我怎麼有辦法預料到，他竟然會在保單生效後的六個月就死了，不是嗎？

您不是單純因為我是保險受益人就懷疑我吧？如果是這樣的話，我會感到非常困擾。我已經坦白地告訴了您一切。

正在我苦思如何優雅結束一段關係之際，命運似乎引領我走向一個新的開始。一名與眾不同的男人出現在我的生活裡。他在我工作的身心障礙福利中心擔任義工，不僅自願清洗被人惟恐避之不及的衣服，在打掃衛生方面也相當積極。替皮膚上有白色角質的人，還有大小便與排泄物處理不乾淨的人清洗衣服，絕不是件容易的事。

我是負責指導他們，並與協調他們日程的義工，因此有機會近距離觀察他。最初，他是與一群人一起來的，隨著時間過去，人數逐漸減少，最後只剩他一個人持續來訪。儘管這讓人稍感遺憾，我仍然盡責地指導他，偶爾會為他準備一些小吃以表謝意。鑒於定期當義工的男性並不多見，尤其是與我年齡相仿的，他自然吸引了我的注意。雖然我對他產生強烈的好奇心，我還是保持了適當的距離。因為這裡的義工背景各異，有些人是帶著懺悔的心來此的前科犯。對於他人的私生活，我不會過多探問。

我在身心障礙福利中心工作的第三年左右，開始注意到304室住戶。雖然我知道304室這號人物，但由於她總是閉門不出，她可能不認識我。從表面上看，她似乎沒有任何問題，但由於智力低下的關係，溝通上有一定的障礙。反正從外表是是很難判斷出她的狀況的。

304室住戶像其他身心障礙者一樣，能夠從事簡單的工作，像是貼娃娃的眼珠子或是進行單純的包裝作業，也可以進行一定程度的社交生活，但她大部分時間都選擇待在家裡。由於我從未在家附近遇到過她，我便不會刻意打招呼說「我住你家對面」。而且說實話，我也不打算那麼做。

當我以社工師身分造訪她家時，我首先被屋裡的幾個水族箱和鮮花吸引了。處處可見主人對它們細心照顧的痕跡。房子內部整潔有序，她的外表也乾淨整齊。這讓我感到有些意外。因為我們通常需要花費不少心思教導那樣的人基本的個人衛生，如刷牙、洗手和洗澡等。然而，304室住戶非常愛乾淨。如果不是因為她的智力障礙，她與正常人的界線幾乎是模糊不清的。

我自然而然地認為她是依靠政府的生活補助金來維持生計。這一帶有很多人都是這樣生活的。雖然她的經濟狀況似乎並不寬裕，不過我還是很羨慕她對水族箱裡的魚和那些盆栽所傾注的深厚感情。

在我眼中，狹小的304室就像是她精心佈置的微縮世界，裡面既有海洋也有山脈。通常身心障礙者不甚注重家庭衛生，但她卻將自己的屋子維護得一塵不染。在我造訪的那天，我甚至能聞到空氣芳香劑的清新氣息。我該說她很乖巧嗎？

面對如孩童般純真的她，我也很開心。她那精心打理的水族箱讓我陷入沉思，想起了自己過去也曾有過如此珍惜的事物。我大約每個季度都會拜訪304室一次，查看她生活是否有困難。誰讓我是個社工師呢。

那天，我在家附近偶遇了她。或許是因為我之前曾幾次拜訪她家，她一眼就認出了我。這次的相遇和我們第一次見面時的警戒和猶豫截然不同，隨著信任的積累，她天真無邪、口口聲聲喊我姐姐。

當時她手裡拿著一個小巧的盆栽，身旁是一排繁茂的花樹。她轉過身來向我打招呼，那張充滿生氣的臉龐帶走了我下班路上的疲憊。您還記得我說我一開始對兒童福祉很感興趣嗎？而在那一刻，304室住戶的表情就像一個孩子。她那清澈的眼神、泛著唾液的嘴唇、既害羞又充滿好奇的純真表情，以及圓鼓鼓又紅潤的臉頰，非常可愛。

即使我對她感到親切，我還是不想讓她知道我住在哪裡，因此我轉身朝另一棟大樓走去。可她跟了過來。像她那樣的人，一旦開始付出真心就會毫無保留，全然不顧隱私的界線。因此，我試著通過冷淡的態度向她發出「不要再靠近我」的信號。

我刻意在附近繞了幾圈，希望藉此隱藏我的住處，但她依然緊跟在後。看來她不打算放棄，於是我最終放棄了逃避。她大概以為我要去她家，但當我打開303室的門時，她才驚覺我就住她對面。她在原地蹦蹦跳跳，顯得十分開心，興奮地說：「姐姐，以後常常來找我玩喔。」我能感覺得到她從後面投來的目光，似乎也能看見她那歡喜得不知所措的表情。不管我和她有多親近，我仍然認為這可能侵犯到我的私生活，讓我感到不太舒服。我一邊想著「以後得對她冷淡一點」一邊進了家門。因為私生活就是私生活。

雖然我想維持個人空間的界線，但我終究不是冷酷無情之人。我在家不怎麼下廚，唯一的嗜好是烤杯子蛋糕來紓解壓力。不幸的是，由於我對乳製品過敏，我不能吃雞蛋、奶油和牛奶。然而，僅僅看著別人品嚐，我也會感到幸福。就算只聞那香味，我也會很高興。就在那天，我想緩解壓力，就烤了幾個杯子蛋糕。

我忽然想起了304室住戶，於是輕輕地敲了她的門。當我將兩個杯子蛋糕遞給她，請她品嚐的時候，她的反應就像個收到夢寐以求的洋娃娃的孩子，充滿了雀躍。我至今還記得那張燦爛的笑臉。她的雙頰高高鼓起，眼睛瞇成了一條線，表示喜悅。她看見那些色彩鮮豔的杯子蛋糕，情不自禁地抓住我的手說「太漂亮了，姐姐，謝謝你」，她的力氣出乎意料地大，一把就把我拉進她屋裡。

儘管我們的身高差不多，她的體重卻是我的兩倍。這次踏入她的屋裡，我不是以社工師的身分，而是一位鄰家姐姐的身分，這讓我感覺有點陌生。她在忙著打掃房間，笨拙地向我解釋她的水族箱和花盆。雖然與她用長句交流有點困難，她還是努力地試著告訴我一些關於自己的事，看起來相當可愛。我對她說的那些事並不感興趣，很快就忘記了，但我還是專注地觀察她的手勢。畢竟，我不喜歡魚也不喜歡食物。

每當我烤了很多杯子蛋糕或是有吃不下的水果時，我就會敲304室的門。有時是想看到她那開朗的反應，有時則是覺得把食物扔掉太可惜。那些食物又不是不能吃，扔掉的話會變成廚餘，處理起來麻煩，與其那樣，不如直接送她，對吧？有個口口聲聲喊我姐姐，又聽話的人在身邊，感覺也不錯啊。我一直希望有個善良又聽話的妹妹。

我對其他三樓住戶認識不多，尤其是隔壁302室住戶，我從沒見過她。起先，我以為那一戶是空的，因為我從未聽到過任何聲音，也不確定是否真的有人居住。因此，我過得相當自在，沒有特別注意自己是否發出過多的噪音。直到有一天我的門上被貼了一張要求我保持安靜的紙條。

過了一段時間，我聽見306室阿姨在談論302室住戶，我才意識到那一戶確實有人居住。阿姨提到過她見過302室住戶，並因為對方瘦弱的外表，說了很多有的沒有的。我選擇忽略306室阿姨那些以「老實說」或「講白了」開頭的直率言論。那些從過著困苦生活的人口中發出的批評，在我看來都很荒謬。那種人老在情緒垃圾桶中翻找生活的意義，挺讓人同情的。306室阿姨平時就愛談論別人，誹謗別人好像是她唯一的樂趣。每次我見到她，她總是一臉怒容，讓人不由得想要避開。嗓門又大話又多，她是會讓人本能地不想有過多牽扯的人。

301室住戶不是巫師嗎？我還記得我們第一次談話是在三樓的電梯裡。我們一起上樓後，她主動向我搭話。大多數人說話時會注視對方的眼睛，但她卻越過我的肩膀和我的頭頂，盯著某個我看不見的點。

我不想在那場奇怪的對話中落於下風，所以我堅定地盯著她的眼睛。然而，她的目光集中在我的周遭。她的視線過於強烈，以致於我幾乎要開口問她為什麼用那種不舒服的眼神看我。就在那時，她突然說出了一些莫名其妙的話，說我被鬼上身了？第一次見面就說那種話。我差點就要飆髒話。

但她說出那番話時，一臉嚴肅且擔憂。我既不悅也感到一絲寒意，差點控制不住自己的表情。我努力保持鎮靜，反問她：「是什麼鬼？」

301室住戶告訴我要小心。說我身上有個會吞噬掉我的鬼魂。第一次見面就聽到這樣的話，讓我感到極度不舒服，不過我心底竟然有那麼點相信她。她接著告訴我，那個鬼魂已經跟隨我很長時間，需要被安撫並送走。她還詢問我過去是否曾傷害他人，我沒有回答，只是搖了搖頭。然後，她單刀直入地問我，有沒有人因為我而自殺？

聽她這麼說，我既驚訝又反胃。我堅決地否認了，說「沒有那種事」，然後轉身想要離開。但她卻在我身後告訴我，如果我還有什麼想知道的，可以去她的神堂，並告訴我神堂的名稱。就在附近的超商巷子裡。

我的後頸感到一陣冰涼，全身微微顫抖，我不確定是不是有東西舔了我的脖子，還是上面被塗了清涼的薄荷。我不想讓301室住戶看出我的慌張，強忍著直到開了門。

當我打開門進屋時，頭痛欲裂，可能是因為這短暫的對話給我帶來過大的壓力。每次呼吸時，我都能感受到頭痛從頭頂蔓延開來。我想起奶奶從前對我說的話：「即使半夜山中遇虎，幸運存活，你終究會被生活逼瘋。」我閃過了一個念頭：「難道我頭痛也是因為鬼魂？」我對自己這種想法感到可笑。難道我是個傻瓜？我真的因為一個巫師的一句話就如此動搖嗎？那女人甚至不是頭老虎。

但有個念頭突然閃過我的腦海。那是關於一個在學校裡像跟蹤狂一樣跟蹤我的男孩，為了阻止他的行為，我告訴了學校和家人，並報了警。但在警方採取行動之前，他從屋頂上跳了下去，結束了自己的生命。原本的加害者變成了受害者，博得人們的同情。這個突然湧上心頭的往事讓我感到毛骨悚然。

無論我怎麼思考，我都無法以理性理解這件事。我不信宗教，我認為那些都是人們創造的傳統精神文化，而且巫師這樣的角色，在我看來更是脫離了普通宗教範疇，更不可信。

即便如此，想到我差點被那瞬間的話語動搖，就覺得自己非常愚蠢。我也曾想過，就連我也能說出那種模稜兩可的話，像是「掛在鼻子上是鼻環，掛在耳朵上是耳環」這樣的話，可以針對個體差異進行調整，從而產生像是「你可能是A，但也可能是B」的含糊不清的答案。我應該理性思考，不應該被這些話欺騙。

——從表面上來看，你很自律，有控制力，但內心卻多慮，沒有自信。

——你有時外向、友善、平易近人，但有時內向，對人懷有戒心，不輕易表達真實感受。

這種話適用於每個人吧。我感覺自己像是上了低劣詐騙手段的當。這種適用於所有人的普遍言論正是詐騙者常用的伎倆。他們通過修辭技巧、營造特定氣氛，以及突然的瞬間言語轉變，來欺騙他人。我將她定義為一個擅於即興發揮的騙子、一個需要精神治療的詐騙犯。

為什麼她總是穿著深色系服裝？為什麼穿得那麼情色？是為了給男人看才那樣的。她的服裝暴露到同樣身為女人的我都感到尷尬。一個幾乎露臀的巫師……很多人都被這種手段騙了吧？上衣也開得很低，乳溝清晰可見。天真又內在軟弱的男人應該都會被那種穿著騙倒吧？

我沒有陷入騙局。

喔，305室住戶就是那個脖子上有刺青的女人吧？她確實也很奇怪。那刺青刺得也太醜了吧。啊，對了，以前306室阿姨在打掃三樓走廊時，曾大聲嚷嚷說看見一個衣服上沾著血的男人，從305室像逃命似地跑出來。她還說305室住戶很可怕，從那之後，我便對305室住戶有些戒心，每次偶爾遇到她，我就會低頭盯著手機，裝作不認識。嗯，小心駛得萬年船，對吧。

不過，您知道在前面那個地鐵站附近賣飾品的女人吧？那不是違法的嗎？她臉上有些奇怪的東西。我上次看到她脖子上有眼鏡蛇和人眼的刺青。我還以為她有三隻眼睛。真夠噁心的。大晚上的，我差點被她脖子上那些眼珠子嚇壞。在我看來，刺青和打洞都不怎麼適合她，更不用說她那半紫半黃的頭髮，想想就噁心。

哦，我不是會討厭別人的那種人。但說實話，305室住戶的刺青和頭髮真有點過頭了。

現在想來，我不知道這棟大樓裡是否有所謂的「正常人」。這裡的每個人都有些奇特之處，就像少了一顆螺絲一樣。雖然我們住在同一層樓，但除了304室住戶之外，我和其他人並不熟。這個區域就是這樣，彼此保持著距離，所以許多人都想搬家。

［304室證人陳述］

■**錄音日期：**○月○○日12:30
■**錄音地點：**陳述錄音室
■**訊問者：**刑事科重案組搜查官
■**對話形式：**一對一

■**負責搜查官意見**

住在304室的女性被診斷出三級智力障礙。她的溝通能力受限，雖能理解問題，但能回答的內容有限。當進入303室的男人倒下時，她人確實在三樓，但因為她沒有離開自己的住處，因此對於事件的經過並沒有太多幫助。由於無法聯絡上她的監護人，因此經當地身心障礙福利中心主任許可，在不對她的心理狀態造成重大傷害的前提下，進行了證人陳述調查。全程紀錄以文件形式附上。

■**陳述內容**

住對面的姐姐是個好人。

她會給我送食物，對我很好。
我喜歡蛋糕，她常常給我。
她沒有要我減肥。
她說我們好好相處吧。
我喜歡那個姐姐。
和姐姐玩醫院家家酒最有趣了。
姐姐是病人，我是護理師。
其他人都不知道。
隔壁的姐姐很可怕。
她臉上有畫畫。
身體上有蛇，還有大眼睛。
是怪物。

【301室證人陳述錄音】

在正式開始調查之前，我要問您一個問題。請問您相信鬼的存在嗎？那麼，您覺得這裡有鬼嗎？

好的，如果您也認同的話，我們就能繼續談下去了。鬼魂就像是死者靈魂凝聚成的氣體，宇宙萬物都蘊含著與其相對應的能量，如果我們違背那種能量，將招致不幸，但如果我們認可並敬奉它，就能萬事如意。

您是說偶爾走夜路，會感覺空氣很潮溼又寒冷嗎？普通人是觸摸不到也看不到鬼魂的，所以您大可放心。只有像我這樣特殊的人才能看到鬼魂。

每天都要意識到鬼魂的存在，是一件既疲憊又麻煩的事情。有時候它們會出現在我不希望它們出現的地方。我沒有私人空間，它們甚至會出現在我的臥室。您能想像嗎？但我又能怎麼辦呢？這是我的工作與命運，無法逃避。我之所以先問您問題，是因為這附近的鬼魂和其他地方有些不同。我不確定您是否能理解「無力的鬼魂」這個概念。在這裡，惡靈並不常見。

過去的帝國主義是透過侵略他國的方式進行擴張，而現在則是通過在國內建立階級，形成一種內部剝削的殖民結構來穩固其體系。這代表著什麼呢？它代表社會體系的運作需要犧牲那些無力和被淘汰的底層人群。有趣的是，很多人熱切地引火自焚。在很多情況下，人們甚至沒有意識到，把自己的犧牲變成社會的動力這種做法，實際上就是一種剝削。

問題在於，人們沒有意識到自己只是被作為燃料利用，誤以為通過努力就能成為上流階級。然後，當他們未能升級，就會感到深深的挫敗，有時甚至會走向自我毀滅。剝削最終會轉向自己。當剝削殆盡時，人就會選擇死亡。當對死亡的意願大於或等於求生意願時，唯一剩下的選項就是死亡。

生命本身是無意義的。死亡往往蘊含於生命中。生與死是一個持續不斷的循環。開始與結束總是相連的。一日中有晨與晚，生命與愛情也有始與終，始終無盡相連。然而，在這裡，終的能量大於始。它以恐懼與猶豫起始，終於恐懼吞噬。始、終、再次回到始，但事實並非如此。在一個失去了能不斷重新開始的信念的地方，剩下的就只有恐懼、自愧與羞辱。到頭來，這將導致自我憎惡，令生活停滯不前。對此，我由衷感到遺憾。

我在這裡住了七、八年左右。除了３０６室住戶之外，我應該是三樓最資深的房客。我們不知道彼此的姓名，除非有人去偷翻別人的信箱。這裡就像白天懸掛在天空的月亮一樣，是個彼此的存在都模糊的地方，除非特別關心，否則根本不會注意到。每位三樓的房客都是一樣的情況。如果非要問我比較了解誰，那應該是我對面的３０６室住戶。

我記得有一次聽到３０６室住戶在走廊裡打電話，高聲地罵我。可能是因為她看到有人在三樓電梯前嘔吐，便自然而然地懷疑是我，就罵了我。她的聲音在走廊裡迴盪，即使我在房裡也能聽得到。她把我當成了酒吧女，但我覺得沒有必要去糾正她。每個人都有自己的看法，我的衣著打扮被誤認為酒吧女也在所難免。

我不太能喝酒，但在進行降神儀式時不得不喝，只有這樣，我才能在恍惚狀態下充分發揮媒介的作用。每次降神之後，我都感到極度疲憊，就像爬了很久的山一樣，回家就直接睡了。當其他靈魂進入我的身體，消耗掉所有能量後，我就像一具僅剩空殼的泥塑。

３０６室住戶因為我濃妝艷抹與穿短裙，就到處散播我是酒吧女的謠言。但我認為試圖去改變她那荒謬的想法也是一種越線行為。我認為每個人都享有思想自由，因此沒必要去糾正她。干涉他人的自由意志只會招致神靈的憤怒。我沒必要那麼做。

坦白說，我這麼做也是為了掩藏自己的巫師身分。這並不是一個值得炫耀的職業。

當恐懼如陰影般潛伏並逐漸蔓延，人們會選擇降低姿態，蜷縮於密閉的空間。恐懼這玩意，它在對外擴散的同時，在內心會造成一種收縮的效應。在驚恐之下，人們往往變得更加渺小。這個地方，正是這種沉重恐懼的聚集之地。它的另一個名字叫失敗。居住於此，就如同在濃霧中於懸崖邊緣行走，身體僵硬如冰的人們，在危險的邊緣搖搖欲墜。

事實上，我一開始決定搬到這裡時，並不是那麼情願。我在這一區目睹過幾十次無聲駛過的救護車。一輛不鳴笛的救護車靜悄悄地打開後車廂的門，如果您知道那意味著什麼，就說明您理解這一區的實際情況。

儘管死亡總是帶來悲傷與遺憾，但在我的信仰中，自殺被視為一種特別嚴重的罪行。因為它違背了自然法則，侵犯了偉大神靈的領域。因此，自殺的靈魂會成為遊蕩於九重天之中的鬼魂，永無安息之日。

人一旦放棄生命就會墜入無間地獄。那是一連串無止盡、永生永世無法逃脫的地獄。那些自殺的鬼魂將永遠被困於深遠狹小的泥潭中，永世不得逃離。

我不確定在刑警面前談論這些事是否恰當。我不介意您用奇怪的眼神看我。我第一次站在這棟大樓前時，我相當震驚。儘管我經常看見鬼魂，但這片土地的歷史讓我感到不安。這裡有許多鬼魂徘徊，而能看到許多鬼魂說明這裡曾發生過許多冤屈的死亡。

通常只有在戰爭中無辜犧牲，或是因為意外事故導致大規模人命傷亡的地方，才能看到這種情況。從某種意義上來說，這也象徵著有許多自殺者的存在。社會氛圍在某些情況下會對人們產生自殺的誘導作用。而從更廣泛的角度來看，這可以被視為一種不公平的犧牲，說是由於福利制度未能在死角地帶及時發揮應有作用而導致的死亡，也不為過。

按理說，在建造這棟大樓之前應當先對這片土地上的眾多鬼魂進行安撫才是，然而，當時的人並沒那麼做。這讓我深感遺憾。

不過，沒必要過於害怕鬼魂。真正可怕的是不是鬼魂，而是那些心懷惡意的活人。連像我這樣看得見鬼魂的人也難以窺見活人的真實內心。當那些心懷惡意之人聚集在一起時，就會成為巨大惡靈。除了徹底毀滅之外，沒有其他方法能鎮壓那樣的惡靈。當局勢發展到無可挽回的地步時，最終就只剩下自我毀滅的選項，而最終的犧牲，常常是由那些純善與脆弱的靈魂承擔。這讓我更加堅信，人類才是最可怕的存在。

我的外婆是靈媒，幸運的是，這個能力並沒有出現在我母親身上。然而，我卻擁有看見靈魂的能力，這是一種隔代遺傳。我第一次發現自己能看見靈魂是在我十八歲那年。起初，我極力抗拒成為靈媒，還尋求了教會的幫助。當時年幼的我非常痛苦，牧師曾熱心地替我進行所謂的治療禱告，但終究以失敗告終。我還記得我付了大筆的奉獻金，但沒能治癒好我的牧師卻反過來把責任推到了年幼的我身上。現在回想起來，那個所謂的牧師或許是個異端或邪教徒吧。如今，我一眼就能分辨出正統與異端，但人處於急迫與迷惘的時候，很難做出正確的判斷。我想那時我母親可能也受到了異端和邪教影響。

母親一直認為自己把不好的東西遺傳給了我，為此不吃不喝，試圖讓自己成為靈媒。我不想看到她那樣子，所以逃跑了，離家出走，來到了這裡。

我的濃妝艷抹和清涼衣著並不是為了迎合肉欲，而是為了吸引年輕男性靈魂。因為這裡的鬼魂大多是年輕男性。

在我年輕的時候，我只能選擇住在這裡。這也是我賺的錢唯一能夠負擔得起房租的少數幾個地方之一。一開始，我在街頭免費為那些被鬼魂附身的人提供免費諮詢服務，然後引導他們到這裡來。我想，也許是因為看到男性顧客來我家，其他人才誤以為我是妓女吧。不過思想是自由的，她們愛怎麼想就怎麼想吧。

隨著顧客的增加，我在附近建了一個小神堂，開始與死者交流。我的常客中有許多患有心病的人，在其他地方，他們只是被當作精神病患者對待。但是心病並不是簡單地關在醫院，服用藥物就能治癒的。

在我的神堂裡，我提供不同於醫院的處方。隨著我的名聲逐漸傳開，越來越多人來到這裡尋求能解決他們心靈脆弱與孤獨所造成的病的方法。正因為顧客絡繹不絕，我才繼續留在這裡。有很多定期前來接受諮詢的人，其中不乏滿懷破案熱情的警察。當他們在其他地方找不到答案時，就會來找我尋求幫助。

人們應將出生視為一種祝福，但這個世界總是強加給人們宏遠的目標或抱負。這樣的壓力會讓人的心靈受到壓抑，最終導致崩潰。即使人們不追求那些宏遠的論述，只是單純地享受藝術，像個傻瓜一樣地笑著，也能過上幸福的生活。生活方式並無對錯之分，越是純粹越好。然而，純粹之人往往被視為傻瓜。

那些擁有純粹心靈的人天性不會將過錯歸咎於他人，而是更傾向於自我譴責。當遭受強烈的外界刺激時，他們往往試圖在自己身上尋找原因。即便大多數情況下問題並非出自於己。在經濟層面，人們因貧富差距而感到失落；在精神層面，人們正在經歷一種超越物質貧困的大蕭條。純淨靈魂生活在一個他們難以忍受的叢林中。就像有獅子處就會有羚羊一樣，我們不能期望天性溫馴的草食動物像肉食動物一樣生活。只有當我們認可並揭露自己的脆弱時，傷口才能癒合，並更快地恢復。壓抑只會導致內心潰爛與腐化。

那些因為對未來的不確定、疲憊和恐懼而心靈受創的人們，被賜予了二十四小時的時間，而不是無限的神靈資源。清晨的冷空氣，甜美的午後花香、黃昏夕陽的香氣、隱藏在夜色中的明日朝陽。無需證明，只需感受。它們提醒人們即使今天不是一個偉大輝煌的日子，但時間的流逝本身就是一種耀眼的祝福。

治療心病的最佳良藥是水、風和油。洗滌陳年的汙垢，享受吹拂的風，用喜歡的食物填飽肚子就夠了。早晚各一次，大多數人在一週內就能感受到明顯的變化。

我能自豪地說我是那些脆弱人群的守護者，我自願停留於此處。這裡是那些承受著小災小難的人的聚集地，而我被神賦予了處理這些日常中災難的任務。倘若不是有這樣的使命感，我早就離開這裡了。我的小小使命就是幫助那些跌倒、受傷、坐在地上的靈魂，一次又一次地扶起他們。

嗯……我也有耳朵，當然能聽到外面的聲音。雖然我能聽到各種聲音，但如果沒有這種程度的聲音，還能算是人生活的世界嗎？我經常沉浸於在各種鬼魂的聲音中，因此我並不介意聽見外面世界的聲音，反而感到很開心。我並不把那些視為噪音，而是將它們當作這個世界贈予我的一首動人樂曲。

隔壁302室幾乎總是一片寂靜。她好像是那種在家也保持安靜的人，我覺得這有點可惜。

大概是３０３室吧。有點尷尬。我經常能聽到３０３室傳來男女之間的聲音。男女之間的一切緣分都是前世緣分的延續，兩人的結合沒有什麼不好。相反地，對於我這樣的聆聽者來說，那種聲音也讓我感覺生活充滿了活力。性愛是純粹的，而我說過純粹是好的。當然，要注意的是，這種性愛的結合應該是和諧的，而非強迫的。強迫肉體接觸等於扼殺靈魂，是一種嚴重的罪行，會給受害者留下終生的創傷，加害者將招致嚴厲的天譴。幸運的是，我從未在三樓聽到強迫的聲音。

我認為３０４室住戶有一個純潔的靈魂，偶爾遇到她的時候，我會告訴她不用害怕，但她看起來就像一個膽小的孩子。她對人的恐懼似乎勝過對人的好奇。我相信下一世，她將會過得比任何人都更幸福。不過，即使我告訴她她的下一世將充滿幸福，她可能也不會明白。在過去，像３０４室那樣的孩子被認為具備與神交流的潛能。然而，在這一區，這種情況變得很普通，隨處可見一兩個像她一樣的人。當我看到被孤立的他們，我深感遺憾。

我很想親自前往３０３室看看，但我認為請求別人幫忙協調這種事，應該有難度吧？３０３室住戶似乎擁有強大的氣場，我很想親自見見她。她的氣場比普通人更強大。強大的欲望有時會以氣場的形式展現於外，有時甚至連鬼魂都會避而遠之。我猜測３０３室住戶就是這種情況。

３０５室發生的那件事？您指的是那個衣服上沾著血就跑出去的男人的事吧？當天晚上我

休息，所以我記得特別清楚。我突然聽到一個男人的大叫聲，然後是門被開啟的聲音，接著門又被重重地關上了。當時，我聽見306室阿姨放聲尖叫，她問那個男人衣服上為什麼會沾滿了血，但那個男人似乎想逃離那裡，沒有回答她的問題。從那之後，306室阿姨每次打掃衛生時都會咒罵305室，責備那個從305室逃出來的男人。她罵了很長一段時間。無論對方是怪物還是殺人犯，過度的指責都會讓聆聽者感到痛苦。即便是打掃時間，放聲高唱聖歌和隨之而來的八卦也會讓人感到不快。

她的所做所為類似於古代的女巫獵殺，而衣服上沾著血的男人逃跑事件成了她咒罵305室住戶的依據。我雖也好奇為什麼那男人衣服上面有血，但我們並不熟識，而且這一區的規則是：發生任何事都不要過問。然而，306室阿姨的詛咒聲確實令人難以忍受。

我甚至想過要讓她感同身受，想散布謠言，但我深知謠言一旦如野火般蔓延開來，想要撲滅它就需要耗費巨大的時間與精力。然而，就此放任不管，又彷彿是默認了那些惡毒謠言。所以，我策劃了一個計畫，想讓306室阿姨也陷入同樣的困境。我腦海中閃過她分發教堂傳單的身影，我打算把某個邪教的傳單偷偷放進她的信箱中。

幸運的是，我在地鐵站口遇到了一位目光呆滯的邪教教徒。他正在到處散發傳單，而我悄悄地接過他的傳單。如此一來，當這些傳單出現在大樓住戶的信箱時，他們一定會懷疑306室阿姨參加了某個怪異的教會，這將嚴重影響她的傳教活動。倘若大樓住戶真的受到好奇心驅使，去了306室阿姨所在的教會，那麼這些邪教傳單就會如潛伏的間諜般，傳入306室阿姨的教會之中。

就在我精心策劃好，並準備付諸行動時，一個突如其來的念頭閃過：這一切真的有必要嗎？這麼做我能從中獲得什麼？對同一樓層的住戶挑撥離間，是否越界了？我選擇暫時擱置計畫，繼續閉上耳朵，不再介入這些事。我會這麼想是因為一次的偶遇。那天，我遇到306室阿姨，我注意到她的臉有些腫脹。一個中年女性的臉腫起來？嫌疑人十有八九是丈夫吧？當我意識到我那計畫若真的實施，就連丈夫也不會支持她，我的怒火就稍微平息了一些。在那段時期，我也感到了些許心痛。

隨著時間的流逝，我為自己制定了兩條規則，並且相對來說，我遵守得很好。第一，不要多管閒事；第二，即使在外面遇到人，也盡量以禮相待。但306室阿姨持續的詛咒仍然讓我難以忍受。最後，我在電梯裡貼了一張匿名紙條，我挑選了一些我認為適合她的聖經經文，希望能以平和的方式勸解她，緩解她的激烈情緒。那是我在過去進行精神治療時學到的，用以驅趕那些糾纏我的鬼魂。我希望她看了以後，能有所感悟。但第二天那張紙條卻不翼而飛，而她的咒罵依舊沒有停止。

福祉臨到義人的頭，強暴蒙蔽惡人的口。

（箴言10:6）

不得隨夥佈散謠言，不可與惡人連手妄作見證。

（出埃及記23:1）

倘若這人與那人有嫌隙，總要彼此包容，彼此饒恕；主怎樣饒恕了你們，你們也要怎樣饒恕人。

（歌羅西書3:13）

一切苦毒、憎恨、憤怒、嚷鬧、毀謗，並一切的惡毒，都當從你們中間除掉，並要以恩慈相待，存憐憫的心，彼此饒恕，正如神在基督裡饒恕了你們一樣。

（以弗所書4:32-32）

弟兄們，若有人偶然被過犯所勝，你們屬靈的人就當用溫柔的心把他挽回過來；又當自己小心，恐怕也被引誘。你們各人的重擔要互相擔當，如此就完全了基督的律法。

（加拉太書6:1-2）

我雖然貼上了聖經經文，希望能觸動她，但她並沒有意識到我的企圖。我雖想親自獵捕那隻口出惡言的狐狸，但我只是敲打灌木叢試圖將其嚇跑。306室阿姨冥頑不靈，繼續用她邪惡的信仰無情地攻擊305室住戶。這讓我想起了那曾經毀掉我家庭的邪教牧師。他用那狡猾的蛇舌欺騙了我媽，騙走了她所有的財產。

我意識到，有些人表面上宣揚耶穌之愛，實則內心懷有狡猾的蛇舌。那種蛇舌並非藏於305室住戶脖子上的刺青之中，而是藏於306室阿姨的嘴裡。我真想割斷她那條舌頭。

【302室證人陳述錄音】

有一天，當我回家時，我注意到有個女人在大樓入口的信箱附近徘徊。她背對著我，正仔細地研究著每一個信箱。她的動作顯得如此自然，以致於我差點誤以為她是郵局員工。我決定採取行動，假裝和她擦身去取我的信件。在我與她擦肩的那一刻，她突然瑟縮了一下，像隻驚弓之鳥。這種反應讓我心中泛起一絲疑惑，但我並未沒多想，只是迅速拿走了屬於302室，也就是我的信件。我遵循與鄰居保持距離的規定，低下頭，把信件直接塞進口袋，匆匆向家門走去。

直到那時，我還沒看到信件內容。我本以為是我先前沒收到的帳單，沒想到竟是一張我很久以前寄出的明信片。那是我一年前獨自旅行時寄出的。

您聽過「時光信箱」嗎？那是一種特殊的郵寄服務。人們將寫好的明信片投入時光信箱中，然後約一年後會收到它。我清楚記得我在那次的獨自旅行中寫下了那張明信片，想要藉此鼓勵自己。光陰如梭，一年飛逝而過。

搬進這間屋子之後，我接的設計案取得了不錯的成績，客戶給了一筆獎金以示謝意。雖不豐厚，卻足以支持十天左右的旅程。

工作的壓力讓我渴望踏出家裡那封閉的空間，去看一看無垠的蔚藍大海。我立刻預約了麗水一家飯店，踏上了旅途。在那裡，我讓自己完全沉浸在大海的懷抱中，規劃著未來，並大快朵頤了我最愛的海鮮。我帶著幾本書，整天沉浸在閱讀的樂趣中，還花一整天時間欣賞我一直想看的電影。晚上，我獨自一人在陽台上欣賞夜色中的海洋，品嚐著啤酒。白天，我陶醉於大海藍與白的交織之美。

雖然和在家裡一樣，我依舊是獨自一人，但奇怪的是，我很喜歡那家飯店帶來的安全感。我記得當時我在麗水看到了時光信箱，在微醺的狀態下寄了幾張明信片。但我現在有些後悔，因為我不記得我後來究竟寄了多少張，寫了些什麼。

我一回家就把那張一年前的明信片放在桌上，處理了一些簡單家務。吃飯洗澡之後，我站在了書桌前，那張明信片再次映入我的眼簾。我拿起它，好奇自己一年前寫了什麼。突然間，我想起了在信箱處遇到的女人。我的臉一陣發燙，難道她看了我的明信片？多麼希望時光能倒流。

給一年後已經完全恢復的我。
雖然現在的你正在一場宛如逃亡般的旅行中，
但一年後的你將變成另一個人。
為了更加出色、更有自信的自己而活。

只為你自己，不為別人。

您知道疊疊樂嗎？一種抽出一塊塊木塊，小心不能讓它們倒塌的遊戲。那時候，我的工作一帆風順，但是我的內心狀態就如同岌岌可危的疊疊樂。每一塊被抽出的木塊都讓我更接近崩潰的邊緣。那是一段艱難的時期。經濟上雖然有所好轉，但心理壓力卻日益加重，就像是跑步到一半摔倒哭泣的孩子，隨時都可能在壓力下失聲痛哭。

我害怕他人發現我的脆弱，那種感覺就像被剝光了衣服，赤身裸體地暴露在眾人眼前。當我看著那短短的明信片內容，真是無比尷尬，就像是有人突然翻閱寫滿青春心事的國中日記。我只希望那個女人沒看到我的臉。

想到我在那次旅行中寄出好幾張明信片，那晚我幾乎輾轉難眠。我不太記得自己寫了些什麼，只隱約記得匆忙寫下了三、四張。我決定從那天起更加勤勉地檢查信箱。現在回想起來，我仍感到一陣羞恥與尷尬。

【303室證人陳述錄音】

喔，我原來養了一隻小狗。房東嚴禁大樓內飼養寵物，但只要我不被抓到不就沒問題了嗎？為了確保我的祕密不被揭露，我不得不做了替牠動了聲帶手術，雖然我很心痛也自責，但我又能怎麼辦呢？

如果不那樣做，沒人能照顧牠，牠已經是一隻老狗，恐怕也沒人會收養牠。養狗又不犯法，難道僅僅因為這件事，房東就會告我？好吧，就算房東真的提起訴訟，我也願意承擔後果。我的狗已經十幾歲了，牠早已學會在這個狹小的空間裡保持安靜，甚至連鄰居都未曾察覺到牠的存在。牠就是那麼地安靜和乖巧，而且不畏生。

牛奶？哦，我對乳製品過敏，從不碰起司和優格。您知道狗體內沒有能消化牛奶的酵素吧？放在冰箱裡的牛奶都是那個男人喝的。他偶爾會來我家，有時會帶著野格利口酒過來。那是一種可以和牛奶或果汁混喝的酒。我猜想他應該是在他的店倒閉之前，提前賒帳訂購，然後將存貨偷偷藏起來了吧。誰曉得呢？

他總喜歡將野格利口酒和牛奶混合飲用，或是在熱咖啡裡加入牛奶。或許，在他眼中，我家是唯一能讓他暫時逃避債主的避風港吧，所以，他經常將自己要吃的食物放在我家冰箱裡。有時候我也會買點東西給他。儘管我們的愛情結束了，但為了確保和平分手，我不得不假裝還愛他。我迫切地尋找一種「我依然深愛著你卻不得不與你分手」的分手方式。但在那時候，我的大腦就像停止了運轉一樣，想不出任何好辦法。

如果分手後，我和那個男人都能各自安好，那麼我就不會感到內疚了。我想避免他任何因我而起的極端行為，或者是傷害我的情況發生。我不想餘生都活在罪惡感的陰影下。那和自殺沒什麼兩樣。

我的目標是隨著時間的流逝，讓他從我生命中慢慢淡出，最後變成一個連名字都模糊不清的過客。我覺得他永遠不會主動提分手，所以我必須爭取時間，想出一個和平的分手方法。

【304室證人陳述錄音】

我喜歡草莓牛奶，
我也喜歡巧克力牛奶。
很好喝。
我每天都想喝。

姐姐的小狗很可愛。
把小狗的大便放在花上面，花會開得很漂亮。

玩醫院家家酒的時候最有趣。
您哪裡不舒服呢？
要我幫您治療嗎？

［305室證人陳述錄音］

■錄音日期：〇月〇〇日15:30
■錄音地點：陳述錄音室
■訊問者：刑事科重案組搜查官
■對話形式：一對一

■負責搜查官意見

住在305室的女性，儘管沒有直接的嫌疑，但由於第一個報案者，即306室住戶的堅持，她不得不接受調查。305室女性誠實地回答了所有問題，所有的不在場證明都非常明確。然而，她在參加證人調查時，顯得缺乏自信，整個人異常緊張。她是一名販售街頭飾品的攤販。經查明，她並無任何暴力或其他犯罪相關的前科紀錄。全程紀錄以文件形式附上。

■陳述內容

我永遠無法忘記我第一天搬進來時目睹的駭人情景。那天，我剛剛搬進新家，買了一些生活必需品，我決定藉著走路回家的機會，熟悉一下周遭環境。當我漫步於人行道、探索這個陌生地帶時，我的目光被最後一條巷子的畫面吸引了。那是一隻小貓。牠慘遭輾壓，面目全非。周圍的車輛和行人都因為驚嚇而急忙轉向。那真的是令人震驚且恐怖的一幕。

只有仔細看才能意識到那本是一隻貓。慘烈的死狀讓人無法直視。牠腸子已然破裂，上頭輪胎痕跡清晰可見。儘管如此，沒有人停步去處理那個可憐的生命。每個人都皺眉、急匆匆走過，看到那一幕，我的淚水奪眶而出。那隻小貓就像是我的寫照。

我迅速從購物袋中取出兩個剛買的廚房透明拉鍊袋，紅綠燈燈號一變，我立刻走向牠。我小心翼翼地將拉鍊袋當手套套上，嘗試撿起緊貼地面的貓，但並不容易。我能感覺到牠身上仍有殘留的溫熱。可能是剛死不久吧。當我小心翼翼地撿起牠如小鳥般的屍體時，人們開始交頭接耳，用一種奇怪的眼神看著我。我對那種視線早已習以為常。

我無視周圍的目光，打算將牠安葬在附近公園的樹下，但一名看似喝醉的中年男子突然對我大吼。他說那種東西不能埋在那裡。他的語氣激烈，似乎隨時準備和我大吵一架。我對這種情況早有經驗，選擇忽略他的咆哮。但可能是他的聲音太大，或是我的行為引人注目，很快就引來了警察。儘管我向警察解釋了整件事的經過，那天還是因非法丟棄垃圾而遭到罰款，金額相當於我一個星期的薪水。那就是我對這個地區的第一印象。

在我處理完那隻不幸的小貓屍體後不久，一輛救護車停在我家附近。從四周傳來的聲響中，我能感覺到發生了嚴重的事故，或許是有人死亡，或許是有人受傷。儘管人們很清楚是什麼情況，依舊紛紛圍觀，就像在等待乘坐一趟驚心動魄的雲霄飛車。

這些不幸的事件被當成是表演，令人毛骨悚然。這不是任何表演，而是殘酷的現實。這場發生在我們身邊的悲劇，卻被人們以彷彿發生遙遠國度的態度對待。我們與鄰人雖僅是隔牆而居，但彼此之間的距離就如同星球間的遙遠，只有當事情稍微接近自己的生活圈時，人們才會感到恐懼與陌生，就像見到外星人一樣。實際上，即使是日常的鄰里往來，我們也會像對待來自外星球的外星人一樣，對待彼此。

不知道是不是只有我有這種感覺。是否因為每個人都在自己沉沒的船上掙扎求生，以致於無暇顧及其他正在沉沒的船隻？或者大家默默認為自己會成為那唯一倖存的幸運兒？無論答案是什麼，這裡無疑是個充斥著冷漠和疏離的地方。一個冷血、令人不寒而慄的地方。

我的職業有點難以明確界定。我在街邊擺攤賣飾品，沒有固定攤位，隨處遊走。我夢想開一家屬於自己的小店，但開店資金遙不可及。每當有大型活動的時候，我就會拖著我的商品去擺攤。我知道那樣做是違法的。如果造成了困擾，我深感抱歉。現在，別提開店了，就連房租都成問題。

至於我身上的刺青，我視它為一種個性的展現。我有刺青並不代表我是犯罪者。我只是想刺青。僅此而已。

在晴朗的日子裡，我會帶我的飾品出門，在附近的大十字路口擺攤。那裡的人流總是絡繹不絕，加上地鐵站湧出的人潮也多。陰天時，街頭會變得冷清，我沒有生意可做，就會留在家中休息，補充睡眠。

雖然其他住戶也會發出各種噪音，不過306室阿姨打掃衛生時的聲音最大。其他戶的情況我並不清楚。我隔壁就是304室，偶爾會聽到咚咚的撞擊聲，但不至於造成困擾。畢竟這是個人住的地方，一些生活噪音在所難免。

我和三樓住戶鮮有往來，我們在電梯裡偶爾遇到時會簡單問好。我記得有一次碰巧遇見了302室住戶和304室住戶。

她們看見我都明顯地嚇了一跳。特別是304室住戶，她不只露出驚恐神色，還向後退了幾步。我猜她害怕我的刺青和穿孔。在外面的世界，很多人看到我的模樣會皺眉，但我沒想到在本應是最舒適、放鬆的家裡，我仍要面對那種充滿偏見的眼神。每當想到這些就讓我憤憤不平。

別人用帶有厭惡的目光看待某人時，當事者總是會受傷的。當遭遇到那些異樣眼神時，我通常會面無表情地回望。被害怕總比被討厭來得好。那種眼神縱使終我一生，也無法習慣。尤其是306室阿姨，她曾經直言不諱地說我看起來像個怪物。

在沒有任何正當程序或證據之下，306室阿姨與其他鄰居任意指控我，只憑間接證據就將我塑造成一個可怕的怪物。我的名譽被任意踐踏，我聽過無數次人們背後稱我為怪物的言語，306室阿姨更是自行扮演了檢察官和法官的角色，許可他人任意踐踏我的名譽。我無法提起抗訴。顯然，如果我反抗，我會被毫不留情地逐出大樓。因為那時我已經拖欠了兩個月的房租。

306室阿姨會在其他住戶的信箱中放進她教會的傳單，卻唯獨對我例外。這說明了她有多厭惡我。這讓我感到絕望，似乎我連被上帝疼愛的資格都沒有。在這種環境中，我怎麼可能對這棟大樓的住戶抱有任何感情呢？

我感覺自己就像這個社會中的難民。一個只能生活在特定區域，與他人格格不入的存在。就像一個無國籍的非法移民，我只能遙望著國境之外，想像那些過著正常生活的人。對他們來說，我永遠是一個無法接近、令人不舒服的人。

下個月的房租都沒著落的我，忙於謀生，根本沒有多餘的力氣去關心其他住戶。而這一帶的大多數人也不怎麼關心鄰里之間的事。尤其是我。我待在家的時候會戴上耳機，讓自己沉浸在音樂中。出門在外已經被折磨了一天，我很享受在家與世隔絕的孤獨感。

一個穿著血跡斑斑的衣服的男人從我家逃走的事？是306室阿姨告訴您的嗎？那與現在的事件毫無關聯。我要行使緘默權。

很抱歉。但那與現在這起事件完全無關，純屬我的私人生活。很抱歉，我無法回答您更多的問題。

【306室證人陳述錄音】

■錄音日期：○月○○日17:00

■錄音地點：陳述錄音室

■訊問者：刑事科重案組搜查官

■對話形式：一對一

■負責搜查官意見

306室女性不僅是這座大樓的清潔工，還兼任管委。雖然她的戶籍設在一個小時車程外的城市，但由於房東免除租金，她得以免費居住在這棟大樓裡。她是第一個報案者。她發現從303室出來的男人躺在二樓與三樓樓梯間的樓梯上。報案時的錄音紀錄以文件形式附上。

■陳述內容

房東是我的遠房親戚，所以我能免費住在大樓裡，作為回報，我負責了這棟大樓的清潔工作。還要說我丈夫和兒子的事？我丈夫在上班，兒子做生意。運輸業，運輸業。兒子的生意？他做健康食品相關的事業。連這種事也要交代嗎？是因為我這把年紀了還獨居，所以連我的家庭背景都要一五一十說出來嗎？

我通常會在每天上午十一點左右開始打掃整棟大樓，最快也需要兩個小時左右，有時會長達三小時。如果某個樓層已經相當乾淨，我有時也會選擇不掃。掃多久有這麼重要嗎？

關於三樓住戶。３０１室住戶通常那個時間還在睡；３０２室住戶會在家；３０３室住戶出門上班；３０４室住戶也會在家；３０５室住戶出去做生意，見不到她人。

如果天氣不好，３０５室住戶就會待在家裡。哎呀，我在外面見過她擺攤做生意的樣子。她臉上和身上一大堆亂七八糟的東西。她不是罪犯嗎？看她的樣子，不就像在臉上寫了「我就是犯人」嗎？

如果凶手真是３０５室住戶，就真的太駭人聽聞了啊。我怎麼會和那種人住在同一棟大樓裡。什麼？我不清楚她有沒有交房租。反正她拖欠又不是一兩次了，房東經常打給我抱怨她沒交房租，真是煩死了。如果付不出房租，那就應該搬走才對。看她的生意時好時壞，能賺得到錢才怪。

具體細節，您應該知道吧。我這不過是憑直覺隨便說一下而已。

現在科技這麼發達，我們應該要信任科技，怎麼能相信人的主觀臆測呢？警察可不能只憑謠言就亂抓人耶。

【302室證人陳述錄音】

我時常遇見301室住戶。有一次，我一大早去超商回來時遇見她，便隨意地打了個招呼。讓我感到驚訝的是，即使是大清早的，她依然濃妝艷抹。我猜想那時她可能剛下班回家。她突然問我這幾天有沒有遇見奇怪的事，我告訴她沒什麼特別的，尷尬地笑著轉移了話題。我不想和她深入交談。

雖然我見過其他三樓住戶，也知道她們的長相，但我從未遇見過303室住戶。我們就住隔壁，但時間總是奇怪地錯過。有一天，當我聽到303室的開門聲，我出於好奇跟了出去。我感受到一股莫名的親切感，彷彿我們擁有相似的傷痕。我渴望與她交談，想和她交朋友，還想一起喝酒聊天。我想成為她的好友。

和我交往過的男性中，有一位和那個腳步沉重的男人類似。有些男人，就算你想和他們分手也分不掉。他們的執著會隨時間加劇，最後變得像野獸一樣不可理喻。我遇過那樣的人，所以深知那種恐懼。一旦陷入那種關係，就只有一方死去才有結束的一天，否則逃脫的可能性微乎其微。303室住戶正在拿自己的生命冒險。

所謂的約會暴力，不僅僅是對自己的交往對象施暴，也包括自殘與自我傷害。約會暴力者透過製造罪惡感終生束縛對方。這就是為什麼我認為我能夠體會303室住戶的心情。只有經歷過相似傷痛的人才能真正理解那種感受。儘管我們從未見過面或交談過，但我們的心靈深處，已經形成了一種無形的紐帶。我們彼此之間產生了一種深厚的信任與緊密的連結。我們都是約會暴力的受害者。

304室住戶似乎患有嚴重的社交恐懼症。她那害怕與人交往的眼神是裝不來的。一想到她克服恐懼，出門購買水族用品和盆栽用品，我都能感受到她真的非常鍾愛那些事物。我和她不熟，所以不清楚她的家庭狀況，但我有時候確實感覺到有其他人進出她的屋子。因為在她關上門之前，我有時會聽見走廊上有陌生的女性腳步聲。大概是她的母親或姐妹吧？

啊，對了，她沒有姐妹。那應該就是她母親了。但有智力障礙的話，獨居不是會很困難嗎？現在想起來，有點奇怪。我偶然瞥見過一次304室內部，房間很昏暗，窗戶上裝有百葉窗，客廳裡似乎沒有日光燈，而是靠著水族箱的燈光照亮的。我只短暫瞥見過，不是很確定。但我能肯定的是，她屋內整體氣氛很昏暗，給我的第一印象就是陰冷和陰森。因為是我親眼見到、親耳聽見的。

有趣的是，儘管她屋裡氣氛陰森，但她似乎喜歡打扮自己。她不會盤髮，也不穿裙子，不過經常戴項鍊，手上也戴了很多市場上賣的廉價飾品，真的不太適合她。小女孩穿著裙子那樣打扮的話當然可愛，但她身材肥胖，過度打扮就顯得很怪異。可能打扮自己就是她一個人平時在家玩的遊戲吧？

【303室證人陳述錄音】

304室住戶喜歡那些適合約八歲孩子觀看的兒童動畫節目。她不會看時間。我的工作經常遇見智力障礙者，我會詢問他們是不是看完每天固定看的節目才睡覺，還是沒有看就上床了。透過這種方式，我能夠大致判斷他們的就寢時間。我們之間的交流大多是依靠這種方式進行。

正如我之前所提到的，她有三級智力障礙。如果是一級的話，那麼她的社會生活會遇到重大障礙。但三級智力障礙者和普通人之間的區別不那麼明顯，只是可能會反覆地使用特定詞彙，或是說話不流暢。在建立親密感之前，她在對話中可能會突然停頓或是結尾變得模糊不清，使得溝通更加困難。然而，除非是觀察力敏銳的人，否則很難在初次交流時發現她有智力障礙。再說了，現代人不怎麼關注他人。

她會做一些簡單的食物，照顧水族箱和盆栽。在銀行行員的幫助下，能進行基本的銀行交易，也會使用ATM、上網和智慧型手機的某些功能。當然，簡單的跑腿辦事與購物也不成問題。在她敞開心扉之前，交流可能會不順暢，但一旦建立了信任關係，她就能像和小學高年級生對話一樣流暢地交談。

關於她的家庭背景，我只知道她母親偶爾會來看她。據我所知，她從高中開始就一個人住，而她母親則有新的家庭，應該有了新丈夫和孩子。我不確定她是不是為了改變命運，才選擇隱瞞自己有個智力障礙的女兒。但就算她真的那麼做，我們又怎能怪她呢？換作是我，我想我也會做同樣的選擇。

儘管如此，當３０４室住戶的母親提起女兒時，總是淚眼婆娑，表示女兒是她放不下的包袱。起初，我以為那位女士是因為生活困苦，才將女兒獨自留在這裡，但後來我了解到，情況並非如此。那位女士沒透露具體時間，但表示正在考慮結束目前的婚姻，準備與女兒同住。或許是身處在再婚生活中內心仍然矛盾吧，或者是自己在新家庭中的地位變得尷尬？總之，那位女士曾拜託我在那之前好好照顧她的女兒。每次看到那位女士開豪華轎車過來看女兒，我就會想起３０４室住戶有些東西確實和她很不搭，像是她手上那些華麗的戒指，我想那可能是她母親的吧？我偶爾會去３０４室替她買食物或是幫忙補充冰箱裡的食材。在這個時代，很多父母會選擇視而不見，將孩子送去專門機構，因此，我認為那位女士願意承擔這種責任，實屬難能可貴。至於更具體的細節，我也不是很清楚，您直接詢問那位女士會更快。

我是一個人去旅行的，並沒有其他男人同行。我請了幾天假，獨自前往海邊休息，度過了五天四夜的時間。由於是在平日，住宿費相對便宜，所以我提前付清了全部費用。我只在飯店附近走動，因為我的目的是休息，而不是旅遊。除了放鬆身心，我對其他活動不感興趣。

那個男人突然變了。這是讓我感到最害怕與尷尬的事情。雖然我原本就想分手，也做好了分手的準備，但他的變化讓我不安。我希望他能夠重新振作起來，遇見真正適合他的好女人。我之所以去旅行，就是為了逃離這些困擾。

我最終得出了結論：一場巨大的森林大火不是那麼容易就能被平息的。我選擇等待，直到那火焰將一切燃燒殆盡，只剩下白色的灰燼，屆時火勢自然會熄滅。我沒有選擇去避免那場火災，而是建立起一道防火牆，靜候火焰自行熄滅。雖然這樣可能需要更多時間，但我認為這是最穩健的做法。

如果我不那麼做，我也會被那場烈火吞噬。我總不能在這炙熱如火的情感中靜靜地忍受，期待達到涅槃吧？

［304室證人陳述錄音］

姐姐很可憐。

姐姐哭了。

我也哭了。

狗狗也哭了。

【303室證人陳述錄音】

啊，談到這部分有些尷尬。嗯。那其實只是我們這對情侶的一種特殊性癖好而已。以前我們經常去飯店或豪華汽車旅館的ＶＩＰ房。但隨著經濟狀況變差，那種奢華享受變成了沉重的負擔。不過，為了讓他開心，我假裝自己贏得了飯店住宿券，一起去了飯店。我認為這能振奮他的士氣。他過去曾是個身體強壯，性能量充沛的男人。

自從生意失敗後，一切就變了。我不確定是否有這個詞，興許可以稱之為「經濟性閹割」？他無法勃起。可能是對債務問題和未來計畫的煩惱造成了過大的壓力。以前，他總是會溫柔地愛撫我，從頭到腳親吻，但最近，他在勃起後就直接進入了。不再有任何前戲。他只是為了解決性欲，讓我感到極度的痛苦。我曾經想過以性虐待為由提出分手，但我討厭自己成為受害者。那太丟臉了。別人同情的眼光只會讓我不舒服。我為什麼要成為別人眼中的被害者呢？

我想儘快結束這一切，但我的思緒越來越混亂。如果我提出分手，他可能會在我面前割喉自殺。他對我的執著已經到了令人不安的程度。要是他真的做出那種極端的行為，那個畫面會在我的腦海中揮之不去，成為一生的陰影。我不能讓他做出那種愚蠢的決定。於是，從那時起，我所做的一切就純粹只是為了自己。那個男人已經不在我所考慮的範圍了。

從某個時候開始，他開始服用藍色的藥丸。您知道的吧？就是那種男性會吃的藥。他好像是在非法市場上交易，而不是通過正規醫院的處方取得的。我曾看見他拿出一個小塑膠夾鍊袋，裡面裝了好幾顆。我想是他不想失去作為男性的尊嚴。無論那些藥丸是仿製藥還是假藥，似乎都起了作用。不過，也許是因為依賴藥物的關係，每次他射精完都沒有恢復到正常狀態，以致於穿衣服非常困難，他總是用一種很狼狽的姿勢匆忙離開。

我因為分不了手，只好屈服在那個男人的性欲之下。就在我覺得自己很愚蠢的時候，電視上的約會暴力事件成了熱門話題，我開始擔心自己是否也會淪為下一個受害者。在那起事件中，一名女性提出分手後，前男友突然變臉，對她實施暴力攻擊，她差點喪命。這種所謂的「約會暴力」變得越來越常見，頻繁出現在媒體報導中，以致於大眾現在對這個詞已經習以為常。不，也許這個問題過去一直隱藏在社會背面，只是現在才逐漸浮出水面。隨著大眾媒體對約會暴力的關注，我開始感到害怕。我擔心如果我提出分手，他會因為絕望而極力挽留我，甚至可能採取暴力手段，而旁人無法理解他其實只是在掙扎求生，會把那視為純粹的暴力行為。這就是我無法輕易提出分手的原因。就是因為這個原因。救人一命是每個人的義務，不是嗎？

隨著時間的流逝，那個男人的行為越來越粗暴。那已經不再是愛，而只是單純的性行為。

我無法控制自己的呻吟，那是痛苦的表達。他一直很喜歡聽我呻吟，哪怕是假裝的，也足以使他快速達到高潮。於是，我在那些痛苦的時刻裡放聲尖叫。我在和他做愛時，我的心裡總會想著另一個我真正感興趣的男人。我也是有性欲的女人。從那時起，我就開始定期服用避孕藥，因為我不能讓自己懷孕。

我想３０４室住戶可能聽到了那些聲音。這棟大樓的隔音效果很差，即使我捂住嘴巴，聲音仍然會透出去。所以，有時當我去３０４室，她會同情地看著我，憤怒地揮舞拳頭，說那個男人很壞，就像在打人一樣。奇怪的是，我在她的動作中找到了一絲安慰。就像在教堂懺悔一樣。這種事太羞恥了，我很難對朋友吐露心聲，但我卻能對３０４室住戶傾訴一切。我不想承認，但我覺得自己有點依賴她。

自從生意失敗後，那個男人的身心狀況迅速惡化。他的生活變得不正常，生活作息完全顛倒，體重劇增，臉色也變得憔悴。

我注意到他的眼白變得混濁，臉色明顯變暗。我懷疑他可能是肝臟出了問題，或者患有糖尿病。他的祖父和父親都因為肝硬化和腦出血去世。

儘管如此，我並沒有表現出對他健康的擔憂，而是將全副心力放在尋找分手的理由上。這聽起來可能很冷酷，我之所以沒有叮嚀他留意健康，是因為希望那個男人生病。我對他的感情已經完全冷卻，沒那個心思去關心他的健康。而且我也知道，他不會希望我在婚前就要照顧一個生病的男人。他自我毀滅的行為與我的罪惡感無關。我必須守護自己，這也一直是我堅守的原則。那個人倒下並不是我的錯，不是嗎？

【302室證人陳述錄音】

那些聲音絕對不是女性被毆打的聲音。我敢肯定，那不是打人的聲音，更準確地說，那些聲音是激烈的性愛行為中所發出的。喜歡激烈性愛的人確實不在少數，是吧？那種聲音，任何成年人聽了都會懂吧？

隨著我在家工作的時間變多，我能透過腳步聲準確地辨別出每一個來訪者。儘管我從未見過那些男人的臉，但我常常根據聲音想像他們的長相和體型。

在我的想像中，腳步聲粗重的男人擁有一張粗獷的臉龐，肌肉發達，身材適中；而腳步聲輕柔的男人則擁有瘦高的身材，外表俊美，宛如漫畫中的美少年。雖然我沒有親眼見過他們，不知道我的想像是否正確，但這種想像很有意思。

腳步聲輕柔的男人在做愛時發出的聲音也有所不同。我更喜歡他，在不經意間，我也對他的聲音心動了。

但這並不代表腳步聲粗重的男人曾經對303室住戶施暴。雖然他在做愛時的風格比較粗魯，但如果您問我是否聽見過打鬥聲，我可以非常肯定地回答「沒有」。303室住戶的聲音很尖銳，我想起碼三樓的人都聽見了那聲音。當她的聲音突然變小時，我猜想她可能是被摀住了嘴。但那從指尖漏出的聲音也絕不是挨打的聲音。不管是誰摀住了她的嘴，那都不是被毆打而發出的哀號聲。除非是傻瓜，否則任何人都能聽得出來。

不管是哪一個男人，303室住戶似乎都非常享受。無論是粗暴的或溫柔的，她都喜歡。她好像是很享受性愛的人吧。我不是當事人，所以不能斷言。不過，在溫柔的性愛中，她的呻吟聲聽起來更加真實。您還記得我說過306室阿姨也時常聽見呻吟聲吧？

【306室證人陳述錄音】

我在打掃的時候，意外地在二樓和三樓的樓梯間發現一個男人臉朝下躺著。我嚇了一跳，立即報了警。他的臉腫得很厲害，就算被好幾個人打也不至於腫成那樣。

保險公司也問了我同樣的問題。

我的答案和現在回答您的一樣。

是不是為了保險金殺人？對吧？

請您調查一下305室住戶吧。她隨身會帶著鐵鎚呢，是吧？

我看到她迅速地把它藏起來了。

老實說，犯人還會是誰呢？

閉路電視應該都拍到了吧？

我越想越害怕和不安。

為什麼他偏偏倒在我打掃的樓梯上？

這個地方太可怕了，我要快點搬家。

【實施內部調查】

「感謝您長時間的協助。」

「協助調查這又不難。不過太悲傷又可怕了，這個世界……我活到五十多歲，只在新聞上看過這種事，沒想到會發生在我眼前。請快點抓到凶手，好嗎？」

「請在這份陳述書上簽名。」

「『我在負責搜查官在場的情況下完成了此份陳述書』。簽在這下面就行了吧？」

「是的。您現在可以回去了。如果有任何變更事項，我們會再聯絡您。」

在完成三樓目擊證人的調查後，我們讓證人們都回去了。考慮到所有目擊者都是女性，為了更詳細的調查，我們特別安排了女性搜查官進行詢問。我已仔細查看搜查官提供的錄音內容，並陷入了沉思。該名男子在六個月前投保，受益人是住在303室的女性。保險公司已經要求對最近的保險詐欺事件進行調查，鑑於近期發生了多起類似案件，上級施加巨大壓力，要求儘快破案。

目擊者的證詞中似乎沒有謊言。在試圖解開案件線索時，我再次陷入了迷宮。那名男人進入303室不到兩小時就蹣跚而出。行動顯得十分困難，最後倒在走廊上，失去意識，幾個小時後便斷氣。死因是對非類固醇抗發炎藥（NSAIDS）過敏。更準確地說，是由於支氣管收縮導致的窒息死亡。法醫觀察了男人腫脹的臉後表示，不排除過敏性休克（身體對特定物質起過敏反應，即使是接觸極少量也可能引發全身症狀）的可能性，但因支氣管收縮導致氣道阻塞而死的情況更為普遍。

當遺屬得知保險受益人是303室女性後，因為無法獲得男人的遺產，他們在調查時顯得相當消極，最後否認了親屬關係，拒絕領收遺體。

根據閉路電視影像分析結果揭示了一些線索：301室住戶在凌晨四點下班後一直留在家裡；302室住戶沒有進入過303室；303室在三天前外出遠行；304室有智力障礙；305室和306室也沒有進入303室的跡象。唯一進入303室的是304室住戶，她進去是被拜託照顧303室住戶養的狗。兩人通話時間非常短，約十秒左右，而304室住戶確實是出於照顧那隻狗而進入303室。

我需要在一個更輕鬆的環境中和304室住戶進一步談話。我走了出去，沿著樓梯走上去，來到了304室門前。我盡量放輕力道敲了敲門，經過一段短暫的寂靜後，304室住戶蒼白的臉孔從門縫中露出。

我先遞出了她喜歡的蛋糕，希望這能緩解她的不安。她的反應和在警局一樣，顯得有些緊張和呆滯。當我詢問她是否可以進入時，她微微後退，給了我進入的空間。

據目擊者稱，304室的客廳沒有日光燈。在昏暗的屋子裡，水族箱的柔和光芒和電視的光線混合在一起，照亮了白色的牆面。我稍微拉開遮光窗簾和百葉窗，發現陽台上整齊擺放著許多盆栽。我問她能不能拉開窗簾時，她沒有說話，只是點了點頭。當我把窗簾完全拉開，突然襲來的光線讓我的眼睛有些不適應。這是間自然採光相當良好的屋子。

「不可以，不可以！不能曬太陽！」

正當我將窗簾完全拉開的那瞬間，她慌張地拿來了一條毯子覆蓋水族箱。我的直覺告訴我，她是為了保護裡面的夜行性魚類。意識到這一點後，我立即做了一個抱歉的手勢，並將拉開的窗簾再拉回一半。她這才深深地吐了口氣，顯得稍微放心。

「牠們晚上比較活躍嗎？」

304室住戶只是喘了幾口氣，點了點頭。

「你可以放輕鬆，沒事的，我有一個和你一樣的朋友，以後我把他介紹給你，他也很善良。」

304室住戶茫然地看著我。

「這個蛋糕是送給你的禮物。」

我用一次性叉子叉了一小塊蛋糕下來，連同叉子一起遞給她。她一愣，然後張開嘴咬了一口蛋糕。當我盯著她看時，她似乎覺得沉默很尷尬，於是先開了口。

「叔叔幾歲？」

「比你大。」

「叔叔為什麼來這裡？」

我暫時停頓了一下，環顧四周，答道：

「叔叔來看魚。叔叔小時候在海邊長大，也喜歡魚。你喜歡大海嗎？」

「喜歡。」

「看見魚游在大海裡的樣子更棒，對吧？」

「對。」

304室住戶邊吃蛋糕邊點頭，嘴邊沾上了奶油。

「叔叔聽說你喜歡魚，所以過來看看。還有叔叔也喜歡蛋糕，看到蛋糕就想到了你。」

「嗯。」

「叔叔偶爾也可以來看看魚嗎？我是警察，你不用害怕。你在警察局和警察姐姐說話的時候，叔叔也在。我們見過了。」

我在她眼前拿出警察徽章。

「我在電視上看過這個。」

「如果你想摸，你可以摸。」

我看到她猶豫不決，於是把徽章放到她手裡。

「如果以後有壞人來，叔叔會抓住他的。警察就是抓壞人的人，對吧？」

「是的。」

304室住戶的微笑中流露出一絲安心。

「那條魚是什麼？牠不是住在大海的魚嗎？」

「我創造了大海。」

「這個水族箱就是你的大海？」

「對，我把它創造得像真正的大海一樣。」

「摸牠的話，牠的肚子會變得很大。你養了多久？」

「天氣冷的時候開始養。」

「喔，是冬天啊。」

那是條河魨。被飼養了約四到七個月。難道304室住戶餵那個男人吃了河魨？但從時間線上看來，她做不到這件事。首先，沒有跡象表明那個男人會吃河魨，更何況這裡也沒有懂得烹調河魨料理的廚師。

「叔叔也想買那種魚，你知道哪裡有賣嗎？」

「我不知道。」

「為什麼不知道？」

「姐姐告訴過我，但我忘了。」

「姐姐？住在隔壁的姐姐？303室？」

「是的。」

「不是在這附近買的，在別的地方買的嗎？」

「是的。」

「是姐姐帶你去的嗎？」

304室住戶搖頭。

「你敢自己一個人去陌生的地方？」

「我不是傻瓜，我可以自己去。」

「原本有多少條魚？」

「四條。」

「那為什麼只剩下三條了？」

「死掉了。」

「可以給叔叔一條嗎？」

這次３０４室更激烈地搖頭。我大可以轉移她的注意力，暗中取走一條魚，但這樣的行為如果被視為強制性審問，會給自己帶來麻煩。像３０４室住戶這樣的人，對於別人碰觸他們喜歡的東西往往會失控。如果她是犯罪者，我可以按照程序，壓住她的頸動脈或凹折她的關節，控制她的行動。但在當前的社會，我那麼做很容易會遭到起訴。保護我的退休金才是最要緊的。

「你記得上次見到的警察姐姐嗎？警察姐姐說很想你，會再來找你。」

哄騙她不屬於我的職責。

〔內部調查結束〕

我再次傳喚303室住戶作證。我注意到她對自己的工作描述缺乏職業使命感。通常社工師不會將身心障礙福利中心稱為公司或辦公室。這在她的話語中顯得有些不尋常，啟人疑竇。在這次的證人調查中，我和之前的搜查官一起行動，親自提問。我利用刻意擺出的表情與姿勢，精心製造出高壓氣氛。這些都是新手搜查官無法單獨做到的。

「感謝您參與證人調查，上次我只是通過錄音了解情況。這是我們第一次見面吧？如果您覺得不自在或需要單獨與女性刑警交談，您也可以只與她交談。」

「知道了，快點進入正題吧。」

「我看過閉路電視影像。您與304室住戶很熟。」

「我上次說過，我經常去她家玩，具體次數我不記得了。」

「我去過304室了，我發現那裡有很多水族箱和盆栽。」

「您知道得可真清楚。所以您想說什麼？」

「我就直接問了吧。304室住戶一開始養的不是河魨吧？」

「是的。大概是在冬天的時候，她又重新佈置了一個水族箱，養河魨是為了觀賞。」

我仔細觀察著303室住戶的眼神，尋找任何可能的微妙變化，卻一無所獲。

「檢測結果出來了。」

當我們在盤問303室住戶時，一名年輕刑警拿著一個文件袋走進來，我露出了滿意的笑容。那份文件可能包含了解決這起案件謎團的關鍵證據：確認死者體內是否含有河魨毒素。我認為這個文件袋的內容——會讓全身麻痺，眼珠子動搖，使人失去意識的全身麻醉劑，將重挫303室囂張的態度。

「您知道這是什麼嗎？」

「我最好會知道啦。」

「這是屍檢中是否測出了河魨毒素的報告。河魨毒素是一種比氫化物毒性強一千倍的毒素。」

「那又怎樣？」

「這就是關鍵。」

我打開文件袋，仔細閱讀報告，同時不時觀察著303室住戶的表情。我把目光聚焦在報告的最後部分，跳過那些晦澀難解的醫學術語。當我的眼睛落在結論上時，我震驚了。報告上寫著「未檢測出」。我又重看一次，結果依舊是一樣。

「所以怎樣？為什麼會提到河魨毒素？」

「啊，這個……」

我疑惑地再次提問：

「您為什麼要幫304室住戶買河魨？」

「刑警先生，我沒有幫她買過河魨。這讓我很不高興，您好像已經把我當成罪犯了。準確來說，我只是以前在紀錄片中看到過小河魨，覺得很可愛，所以，有一次我去304室時，看著水族館喃喃自語提到過『我看過河魨，但因為我沒有水族館，所以不能買回家，有點難過』。就是這樣。我就只說了這些。您可以直接問她，河魨是不是我買給她的。」

儘管我竭力安撫火冒三丈的303室住戶，她的怒氣卻並未輕易熄滅。

「你們一天到晚叫我來警察局，別人會怎麼想？警察能替我的名譽負責嗎？有任何問題，打電話問我。不要把無辜的人當成罪犯。」

「您只是證人而已。這是正常的調查程序，請不要放在心上。我也沒辦法，因為我是刑警，而這是我的職責所在。」

「就算是這樣，您也不能這樣對我。我不在家三天。雖然那個男人對我的痴迷造成我的困擾，但我沒想過要殺人。我的人生計畫中沒有坐牢。相反地，不要忘記我才是受害者。」

我無法反駁她的話，但心中那種不對勁的感覺依然揮之不去。

「還有一件事。」

「什麼？」

她瞪著我。

「閉路電視影像拍出只有一個男人進出303室，但為什麼某位三樓的住戶說您有兩個男朋友？您不覺得哪裡怪嗎？」

「管我一個男友還是兩個，幾個男朋友有什麼重要的？」

「很重要。您不用擔心個人隱私被洩漏，如果能配合調查，我們感激不盡。」

303室從包裡拿出一張照片，啪地放在桌子上。

「這是什麼？」

「這是義工活動時拍的照片。BMW 3 Series。紅色的！」

我遲疑了一下，看了看照片。

「啊……所以說，是同一個男人。」

「這些事還需要我親口說出來嗎？我希望那個男人恢復往日的樣子，把過去善良的他當成另一個人，這對我來說是最好的方法。為了安全起見，我不得不欺騙自己，把他想成是一個完全不同的人！」

「啊，我明白您的意思了。」

「為什麼要我提到這些與調查無關的事？」

「我們也是逼不得已的。」

「夠了！我已經配合得夠多了。如果您還想要我進一步合作，就拿出證據來。不要僅僅因為自己的疑心就把人當成罪犯。我說得夠清楚了嗎？」

她翻了個白眼，用力推開椅子，藉由刺耳的聲音表達憤怒。椅子與地板的摩擦聲就像回音一樣迴盪不息。

目前，除了306室女性看見有人倒下的報警電話，以及保險公司缺乏證據的調查請求之外，我們並沒有充足的證據支持進一步的調查。犯罪可能性不高，證據不足。假如有家屬報案並堅持找出並制裁凶手，為此也願意提供更多的調查資料和積極配合調查，情況或許會有所不同。此外，考慮到此類事件在這一帶極其罕見，因此也有可能是那個男人本就患有慢性疾病，在病發後掙扎死去。還有，雖然罕見，但確實有人在購買壽險後六個月去世的案例。

在這期間，我負責的轄區面臨著一個複雜又棘手的問題：這一帶結合傳銷與邪教的經濟犯罪日益氾濫。這些傳銷組織與邪教都喜歡瞄準經濟弱勢族群，比方說那些願意將身心全然託付給他人的人；從中尋求安慰，具有奴性的人；懷抱著發財夢的人，以及，社會邊緣人。

這一帶最流行的行業包括小型自營業、傳銷、宗教與各種仲介公司。這些組織從事各種非法活動，包括替外國勞工處理有形或無形的資產，再從中抽取高額佣金。其中，最有前途的是殯葬業。這些行業的交集點與接觸點都在我的轄區內。每當這種犯罪活動登上新聞頭版時，警方要承受的壓力不只來自破案，還有一窩蜂湧向警局的記者。各部門的調查人力都投入在解決大規模傳銷與邪教結合的案件上。在這類案件中，部門之間的界線被打破。當問起重案組下一步行動計畫時，常常得到的回應只有斥責，要求我們採取更強硬的行動。這種情況下，303室案件就這樣被束之高閣，放入了檔案櫃深處。

內部調查結束。

第二部　獨白

302室

這棟大樓中流傳的陰沉又恐怖的謠言源自306室。自從發生那名男人的死亡事件後，或許是受到了極大的驚嚇或其他原因，在三樓走廊打掃時，她都像在與某人通電話般細語。門縫處可以聽見她反覆歌唱著同一段歌詞。如果仔細傾聽，會發現那些歌詞並不是為了死者祈福，而是在祈求自身的平安。

即使走過死亡的幽谷，
也無須畏懼。
因主與我同在。
祂的手杖與棍棒將帶來安慰。

關於那名男子的死亡，流傳著各種謠言，有時說是303室住戶殺了他；有時說是他因沉迷於性而死；又有時說他本計畫在303室自殺，但後來改變主意，在前往醫院的途中在樓梯間摔死了。在306室住戶的想像中，那名男人以各種方式死去，成了她惡意中傷的對象，說自殺之人將不能上天堂。

謠言眾說紛紜，但男人的死亡是不爭的事實，同樣地，案件不了了之，也是無法改變的事實。從刑警那裡傳出的情況表明，303室沒人時，進出過那裡的304室住戶顯然是破案關鍵。然而，關於她為何要殺害經常出入303室的男人？其殺人動機為何？真的是他殺嗎？這一切都讓我好奇到快瘋了。作為一名局外人，我手頭的資訊有限，我也不是刑警。雖然我努力壓抑自己的好奇心，但這並不容易。僅憑有限的資訊很難做出判斷，而且只有蠢人才會在沒看清全局之前就下決斷。

這屋子的兩年合約期還剩下四個月，我一直在努力存錢。我突然意識到，在別人眼中，我可能就像一個孤僻的隱居者。但對我來說，這種低調的生活方式帶來的回報是令人滿意的。我存夠了錢，事業也有所發展。我依然在浪濤聲、風聲、草原的搖曳聲、火車聲等各種白噪音中工作，這個屋子就是我的海洋、高山與大自然。隨著時間的流逝，我再次享受到遺忘帶來的安全感。

303室住戶與304室住戶依舊來往頻繁。是出於身為社工師的使命感嗎？我看得出來，她是個好人。偶爾從304室傳出的兩人笑聲也很愉快。雖然那個男人是在樓梯間摔死的，但我安慰自己，至少他不是死在走廊裡。時間一長，我不再感到害怕。起初，當電梯維修，必須要走樓梯的時候，儘管我並不確定那個男人躺在哪裡，但我會一連跳過好幾階，避開那個男人摔倒的地方。而最好的方法就是，盡可能避免走樓梯。上下一樓和三樓時，我會搭乘電梯。雖然我不再害怕了，但心裡仍舊有疙瘩。

304室再也聽不到刑警的腳步聲了。是因為案件就這樣無疾而終嗎？這兩週來，我再也沒聽見過刑警的腳步聲，這使我不由得感到些許落寞，就像熱戀中主動熱情的男人，逐漸變成了老夫老妻的厭倦感。不。用分手了來形容更為貼切。

隨著刑警的腳步聲消失，我更加堅信那個男人是因慢性病突發而昏倒的。所有的事情都回歸正軌，我現在甚至開始逐漸接受這一帶獨有的噪音，把它當作大自然的一部分接納。

接設計外包案非常愉快。我可以設計好幾份草稿，讓客戶從中挑選他們滿意的。如果有需要調整的地方，我就進行調整。起先，我只是設計網站頁面，不過最近我接到了手機應用程式的設計項目。我原本對是否要涉足新領域猶豫不決，但隨著經驗的累積，我工作的速度變得更快了。我的老客戶把我推薦給新客戶，然後新客戶再將我介紹給更多的人。工作量多到我不得不拒絕一些項目的地步。

隨著我設計的應用程式受到歡迎，我的身價自然地水漲船高。該設計成為了我作品集的點睛之筆。現在，我已經能拒絕那些我不感興趣的工作，只接我喜歡的項目。從最初不確定能否搬到好的房子，到現在我已經開始提前尋找新的住處了。

在家工作將近一年八個月的時間裡，我就跟一個安靜又勤奮的幽靈一樣生活。我的收入比剛搬來時大幅增加，達到了一開始的三倍多。存款也相對增加。我對此心滿意足，不再被各種噪音干擾，也不需要依賴安眠藥入睡了。我想與人分享這種心情，甚至動念去敲其他三樓住戶的門。但我知道，如果我那麼做，顯然會後悔。想要炫耀我的幸福與喜悅，但這裡沒有我能分享的對象。

要是哥哥現在打給我，他一定能從我高昂的語調、像哼歌一樣的說話聲中，察覺到我的心情。現在我會邊工作邊哼唱，有時候我甚至不需要播放白噪音來幫助我集中注意力。因為比起浪濤聲與火車聲，我更喜歡自己嘴裡哼出的旋律。

自從爸爸去世後，我和哥哥的聯絡變少了，如今我們只會偶爾聯絡報平安。當時哥哥將為數不多的遺產按照七比三的比例分給了我。雖然我只得到30％，但那筆錢相當於我的年薪了，所以我還是非常感激。

我知道哥哥需要養家糊口，有老婆和孩子要照顧，所以我沒有多加爭論，就這樣接受了。我知道他打算做生意，正在四處募集創業資金。但之後，我沒有勇氣問他情況怎樣。不用多說，他一定得認真賺錢才能照顧大嫂和兩個孩子，現在去詢問他的經濟狀況，似乎不合時宜。

偶爾哥哥有求於我的時候，他會傳年幼的侄子和侄女的照片來。通常是金錢問題。我意識到哥哥想利用我的善意，我不想落入他的圈套，不過在我恪守的原則範圍內，我還是會匯一些錢給他。每當我看起來經濟狀況有所好轉時，哥哥就會親切地問候；如果我看起來不好，他則問也不問。我必須時時刻刻假裝手頭沒有錢，因為我應付不了哥哥的哀聲嘆氣。

昨天我接到大嫂的電話。如果是哥哥打來的，我不會接；但大嫂打的，我不得不接。我與大嫂之間的關係說不上親近，但也不算疏遠。她從不在我面前表露出困難。

大嫂的話題主要關於侄子和侄女的日常，還有一些無關緊要的事，她也詢問了我的近況，並讓侄子和侄女和我通話。他們用稚嫩的聲音說出了成年人才會說的話，告訴我他們馬上要開學了，想要穿漂亮的衣服，背上新書包，希望和姑姑我一起玩耍。

我突然想起，自從我搬到這裡後，已經很久沒見過侄子和侄女了。直到他們說出下一句話之前，我有股想去見他們的衝動。

「姑姑！姑姑！我想學芭蕾，可是媽媽不讓我去！姑姑幫我說服媽媽吧！拜託！」

雖然想學芭蕾但媽媽不讓去的話，出自姪女的口中，但我曉得那其實是大嫂的指使。我佯裝不知，詢問侄女學芭蕾舞要多少錢，而侄女卻用不高興的聲音向我道謝。我有些後悔，要是我用那些錢買洋娃娃送她，電話另一端肯定會傳來她開心的聲音。

我不介意為他們付芭蕾舞學院的學費和芭蕾舞舞服的錢，但我對哥哥和大嫂只需要幫助時才聯絡我感到失望。

「你應該交個男朋友吧？你前男友對孩子們都很好，不是嗎？他最近過得好嗎？我們之前還一起去旅行了呢。你不想找個新男友嗎？你也到了該結婚的年齡了。」

每當大嫂達到了自己的目的，準備結束通話時，她就會毫不猶豫地提起我討厭的話題。大嫂是個聰明的女人，她知道我會急著掛電話。但畢竟是一家人，我無法怨恨她。每當這時候，我常常會看和前男友，還有哥哥一家人一起旅行時拍的照片來安慰自己。我把前男友的臉剪掉了。雖然看著有點煩，但沒辦法，那是我現有的最新全家福照。一張鏡頭失焦的模糊照片。不知從何時起，我對哥哥的記憶就停留在我們一起去旅行的那一天，再也沒有新的記憶了。我對過去的回憶和對家人的想念讓我感到有些悲哀。我不知道哥哥一家是否像我一樣想念著我。也許我真的應該試著建立一個自己的家庭？我是不是該像大嫂說的那樣，去交個新男友，開始自己的家庭生活？

久違地，我聽到了來自302室女性的聲音。那名女性反覆說著「謝謝」。她在謝什麼呢？僅憑聲音，我無法判斷具體情況。不管怎樣，聽見如此愉快的聲音，對方一定也會心情很好。快樂的能量是如此強大，比鬼魂或病毒還要強大。在這個少有歡笑的地方，這樣的聲音顯得尤為珍貴。

然而，不久之後，我聽見了哭聲。那是絕望的哭聲。我差點就去敲隔壁的門了。如果302室住戶在這時候來找我，我一定會盡全力安慰她。我已經做好了準備，一旦302室的房門打開，我會假裝巧合地伸出援手。

第二天早晨，我聽見來自302室忙碌聲響。顯然是她準備外出的聲音。這種聲音在她那裡是非常罕見的。我趕忙穿好衣服，站在自己的門口，等待302室的門開啟。不久之後，我聽見了開門與關門的聲音。我算準時間，等到聽到三、四下腳步聲後，我立刻開了門。我在門口遇到了拿著購物袋，顯得有些驚慌的302室住戶。我忽略她侷促不安的表情，熱情地打招呼，她猶豫回道「啊，您好」。我盯著她，想查看是否有鬼魂附在她身上。

我從她的頭、肩膀到脖子，仔細打量，她的表情非常尷尬，然後轉身回了302室。就在這時，我看見了一個鬼魂趴在她背上。我是否應該更加大膽正面與鬼魂對決呢？我的好勝心被她提著空購物袋出門卻又悻悻然回家的模樣給激起了。她需要積極的治療。

今天也有很多疲憊的靈魂來尋求幫助。我知道受傷的靈魂在精神科醫生面前也會隱藏自己的真實感受，因此我也開設了線上諮詢服務。透過社群媒體與電子郵件幫助諮詢者探索他們真實的內心世界。雖然我的收入與付出的努力不成正比，但我還是給予那些手頭拮据的年輕人諮詢優惠。在附近的幾家神堂中，我的收費最便宜。當他們面臨無力承受的困境時，可以毫無壓力地來找我算命與交流。這是我能為他們做的最好的事。

——不要讓憤怒成為你的動力。那會像著了火的火車，而終點站將是地獄。

——每個瞬間都會過去，然後被遺忘。如果你認為我在說謊，那麼一個月後再來找我。如果那時候你仍被同樣的問題困擾，我會立刻離開這裡，並且不再當靈媒。不要忽視時間的力量，時間會帶走它所承載的記憶。

盡可能將壞事交給時間，只留下好事。幸福就像行駛中的火車，存在於當下，而不在終點站。終點站是死亡。活著的時候要盡情感受幸福。

——「這是無可厚非的」，有這種心態很重要。但是，要小心。這只能在心裡想，不能對別人說。它放在心裡時，是良藥，問題在於，一旦說出口就有可能變成傷害他人的毒藥。

——已經忍受過諸多苦難的你仍然活著，不是嗎？你為什麼活下來了？如果遲早都會死，那就稍微等一等再死也不遲。如果不給自己產生抵抗力的時間，未免太冤。

——生而為人本就是困難的事。在眾多物種中，能以人類的身分出生本身就是一種祝福。自殺是破壞自然規律的重罪。沒人能保證下一輩子你還能生而為人。你可能成為遊盪在地獄的鬼魂，也可能投胎成微不足道的生物。只有這兩種可能。

不要違背自然法則。這是作為朋友的我給你的忠告。如果你真的很想死，那就等到沒人會替你悲傷時再死。到時候，我不會再勸阻你。因為如果你現在去死，我也會很悲傷。

——後悔的另一個名字是過去；擔憂的另一個名字是未來。屬於過去和未來的心不是你真實內心。人心就像五歲孩童般變化無常，時刻改變。無論你多努力，你都無法改變過去。那就像尋找昨日掠過臉頰的風一樣毫無意義。明天尚未發生的事也是如此。

——倘若你有一段難以忘懷的羞愧記憶，寫在筆記本上吧。沒人會看到，不用寫得太認真，隨心所欲地寫吧。人的大腦有一個奇妙的機制，它認為寫下來的東西可以忘記。把那些羞愧的記憶寫在紙上就能騙過你的大腦。騙自己並不是罪，騙別人才是罪。

——原來我們是同齡人。那我就用朋友的口吻吧。朋友，明天抽空去一趟順天灣吧。在那裡你會看見一條如大S形的彎曲河流。不覺得很神奇嗎？本可以直線前進的河流，為什麼要繞個如S形的大彎呢？因為大自然早已知曉，最快的路並不一定就是正確的路。你要順應自然規律，不能逆天而行。每個人都有自己的時間，早到或遲到都沒有意義。尊重你自己的時間。

去那裡聽一聽蘆葦搖曳的聲音吧。這個世界上所有的生物都是為了被撼動而生。沒有任何東西是不會搖動的，只有適當的搖晃，才能獲得結構上的穩定。能抗震的大樓也會搖晃，而非堅固不動的。你的身心本就是為了被晃動而存在。你要感謝生下這樣的你的母親，載歌載舞地享受人生吧。

——挑戰原本就是這樣子的。一邊開闢道路一邊前行，所以才會慢。但在你披荊斬棘，一步步往前走之時，眼前所有的新奇景物都將屬於你。

新的挑戰本來就是一條艱辛的道路。在調整體力和心態的同時也要懂得休息。這與前進同等重要。當你不經意回望來時路，你走過的模糊道路會成為他人的路標。這意味著你已經走在成功的路上。

——一定要被愛才能活下去嗎？你想成為萬人迷嗎？遺憾的是，你不是當藝人的命。想一想為什麼你會因為不被愛而難過？愛本帶刺，你應該選擇先拔刺再給予愛的方向。那才是更快抵達目的地的路。

——你必須習慣離別，日後還有很多的離別在等著你，難道你每次都要來找我嗎？恐怕在你習慣所有形式的離別之前，死亡會先上門。

每次離別時都把它牢記在心，絕對不要遺忘，並偶爾拿出來回想。那就不算真正的離別了。看不見並不代表離別，遺忘的瞬間才是真正的離別。

今天有很多鬼魂來諮詢戀愛運。我覺得替別人占卜愛情運勢既尷尬又難為情。我只是按我所知道的常識，如實地說出口，他們就帶著認可的表情離開了。愛情，難如登天。縱使我是巫師，依舊不得其解。

保險公司和刑警似乎在懷疑我，這讓我感到擔憂。我害怕如果有人看到我進出警局，會有多麼尷尬，臉上感到一陣熱。我毫不隱瞞，一五一十地說出了實情，沒有編造任何謊言。但是，刑警的質問和眼神讓我非常不舒服。為了證明我的清白，我主動要求進行測謊，儘管我知道上了法庭，法庭也不會將測謊結果作為證據採納，但我還是堅持，因為我知道自己是清白的。刑警無可奈何地接受了我的要求。

很快地，一名測謊技術專家和刑警一起進來。他們在我的前臂與手指上安裝了一些設備，並詢問了一些基本問題。他們通過那些簡單的問題，如「您是男性還是女性」等，測量我的正常心率。

在回答了一連串的基本問題，如「您今天怎麼來的」、「您家地址是什麼」、「您多大年紀」之後，刑警開始提出他真正關心的問題。面對這些問題，我始終維持著相同的姿勢與語氣進行回答，尤其是當他問及有關那名男人的問題時，我注意到他更仔細地觀察我的心率圖。我內心很清楚，我的心率沒有任何異常變化。測謊測試平靜地結束了，結果並沒有顯示出任何異常。我沒有撒謊，測謊儀也證實了這一點。

確實，我找了藉口和那個男人分手，但我絕對沒有殺害他。他們竟然懷疑我用河魨毒殺死了他，真是荒謬至極。

看見交往五年的人去世，是一件令人悲傷和震驚的事。他的家人沒有領收遺體，想當然也不可能替他舉行葬禮。他被送往市立醫院的火葬場，在那裡，只有少數替無親無故者送終的義工和幾名殯儀館的工作人員在場。到頭來，他被安置在無家可歸者的靈骨塔。他們告訴我，隨著時間的流逝，他的骨灰最終會被處理掉。我衷心祈禱他能夠安息。

我的租約還沒到期，因此我沒搬家。如果他是在我家裡倒下的，我可能會立刻找房子搬離。

生活如往常一樣繼續。和那個溫柔的男人分手確實讓人遺憾。他總是在意我的每一個動作與表情，這讓我感到幸福。雖然感到遺憾，但我並不後悔。男人嘛，再找就有了，選擇權在我手上。

那天是我作為社工師探訪304室的日子。一切都如往常一樣。唯一的不同是，她沒有拉下遮光窗簾。我曾經提醒過她，白天要讓陽光照射進屋才能合成維生素Ｄ，而她竟然真的聽從了我的建議。真是乖巧。

我擔心她會患上成人病，叮囑她要多喝茶和吃蔬果，不過屋裡到處是零食。她是我們管轄範圍內社會生活適應能力最強的智力障礙者之一，但因為家境小康，所以不用工作。我試著向她解釋馬斯洛需求層次理論中的最高層次需求——自我實現，她無法理解。實際上，我只是想看見她一臉茫然的表情才開這樣的玩笑。每當我說一些她聽不懂的話，３０４室住戶總會露出奇怪的表情。很搞笑。如果不是這種時候，我還有什麼機會能笑呢？我一笑，她也會跟著笑。她很擅長模仿我的表情。

隨著公與私關係形成，３０４室住戶逐漸侵入了我的私生活。這就是為什麼我想在兒童福利中心工作。然而，隨著她的成長，我將不得不與她保持距離，這令我心急。她似乎對性越來越感興趣，開始問我一些基本的性生活問題。我沒有多想就隨口告訴她，我家裡偶爾會傳出的那些聲音，不是痛苦的呻吟聲，而是快樂的聲音。

我會在她繼續追問之前，用一些公務上的問題，或問她生活上是否還有其他需求以轉移話題。我一邊聽她說話，一邊敷衍回應。我轉頭，注意力卻被房間裡的景象所吸引。陽光透過窗戶灑滿了整個房間，給予了和平時不同的溫暖感覺。陽台上的盆栽佈置得很漂亮。盛開的花樹與幼小的樹苗彷彿按時間順序般，向我展示著生物課本上的開花過程。花樹被放置在陽台，而那些需要多加照顧的幼小樹苗則被放在室內。看她如此細心地照顧這些植物，真令人感到欣慰。

作為一名社工師，我造訪過不少家庭，不過像304室這樣整潔又美觀的家並不多見。不要說佈置了，有些家庭甚至像是堆放雜物的倉庫，臭氣沖天。在我看來，304室住戶的母親至少還表現出些許罪惡感。即使是另組家庭，她至少在自己力所能及的範圍內，照顧了生病的孩子。我幾乎想為那份母愛鼓掌。

由於有許多孤獨無助的可憐青年，需求日益增加。他們只是渴望聽到某人的一句溫暖的安慰，還是真的想預知自己的未來呢？看見與我年齡相仿的人們所承受的憂慮，我很心痛，而我唯一能給予的處方是「忠於現實」，而不是提供符咒之類的東西。

——想想看，如果你在路上看到一個孩子跌倒，你會責備他，還是會立刻跑過去扶起他呢？如果有孩子在我面前跌倒哭泣，我會幫他拍掉衣服上的灰塵，扶他起身。無論是孩子還是你自己，一句「沒關係」就已足夠。

——當你看見不完美的自己，請不要責備，而是要安慰與諒解。就像嬰兒不小心打翻杯子，你並不會因此責備他，對嗎？這世上不存在完美，我們既不是造物主，也不是神。如果你一直跌倒，最終會有人踩在你的背上走過。別讓人看見你跌倒的模樣。

——不要聽失敗者的建議，他們只會告訴你不要那麼做。失敗者的特徵是視野狹隘與多話。如果有人試圖用一些愚蠢的建議將你拖到谷底，那麼你應該斷絕關係。那類人比水鬼更可怕，是只有把你拖到最深處才會甘休的鬼。

聽聽成功人士的建議。成功人士的建議隨處可得。有趣的是，他們的建議往往相似。他們會要你去試著挑戰。成功之路是相似的，而失敗之路則是醜惡的小徑，長滿了名為藉口的雜草。

——每朵花綻放的時間不同，即使晚一點開又有何妨？無論是春天還是秋天，花自開，花自落。

——保持從容。臨終的老人們會說相同的話：不要活得太匆忙，應該環顧四周，從容生活。現在錯過的，可能永遠回不來了。

——想哭就哭吧，沒關係。雖然哭泣解決不了任何問題，但解決問題的力量會慢慢地增長。哭泣是一種淨化自己的方式。擦乾、晾乾、換上新衣服，痛苦一場後吃些美食讓胃感到幸福吧。大腦與胃是緊密相連的。

——不要低頭。自信是從頸部散發出來的。是你周圍的環境塑造了你，所以不要自責。這不是你的責任。你周圍那些動搖你核心的事物才是問題所在。為不存在的罪而自責是一種罪。不要在傷害自己的同時，製造不必要的罪。

——不要生活得太緊張。你有哪一次制定了詳細計畫，並順利執行的嗎？你永遠無法預測離開這裡十分鐘後會遇到誰。你可能會遇見從前的戀人，也可能遇見多年前的老朋友。這就是生活，你怎敢擬定計畫！你不能侵犯了上帝的領域，然後哀嘆生活不如計畫。時間就像宇宙洪荒之際，於時空之間展開的地毯，儘管人類的眼睛只能看見現在，但過去、現在和未來早已存在。不要制定太詳細的計畫，那只會讓你自己難受。如果你覺得完美的計畫能讓你安心，那不如去做運動。在鍛鍊身心的同時堅定前行，計畫就會隨你前進。

——你無需太苦惱。倘若煩惱融化在你的時間裡，時間越久，毒性就會越強。你所煩惱和擔心的事情並不如你想得那麼容易發生。真發生了再煩惱吧。如果事情發生了，再去收拾吧。

如果過度苦惱，時間最終就會被奪走，不再是你的。時間沒有慈悲。不要填滿100％，只填滿一半就好。太重的話就很難移動。請爭取只填滿60％。

──在獵捕食物之際，如果只是靜靜地觀察獵物，需要控制的變數將隨時間的流逝而成正比增加。時間不是用來等待的，現在就開始吧。一旦開始，你就會經歷奇妙的經驗，而你已成功了一半。其餘的則會被最初開始的力量所引導。這就是慣性定律。大自然不會說謊，相信大自然法則，不要信自己，行動吧。

──明天早上起床時，請打開窗戶通風，摺好棉被，洗漱乾淨，換上整齊的衣著。即使沒有約會也要那麼做。改變並不舒服。而死水看似平靜安寧，但最終註定腐爛。如果你連我現在所說的這些小變化都做不到，那你的生活別無選擇，只能保持現狀。要是你自己不追求改變，又再一次來找我，我也只能重複和今天一樣的話。

我深知安慰像我一樣的年輕人之前，需要先建立起深厚的信任，並進行細膩的心理分析，不能僅僅停留在表面的算命層次。我會根據客戶的性格，調整語速、語調及表情。研究人類是我的工作，也是我肩負的使命。根據我所研究出的結果，我在與人交談時，有時會像算命師、嚴厲的老師、哲學家、僧侶或牧師一樣說話。我會先對客戶進行大致分類，然後逐步縮小範圍，就像進行外科手術一樣，為他們除去心靈的炎症。

在這個充滿混沌與不安的時代裡，越來越多受傷與破碎的靈魂。有些幸運的靈魂在黑暗中摸索著牆壁，繞了道得以逃脫，但大多數的靈魂被困於黑暗的隧道，不知該往哪裡去。

穿越時代隧道的盡頭，並沒有人們所夢想的烏托邦。年輕一代早已不再抱有發財夢，他們只想爭取一些小且微不足道的東西：一個能保障生活穩定的小窩、生病時能得到適當醫療服務的保險、偶爾的旅行、每週一次的外出用餐，以及令人心動的愛情。

年輕一代所付出的犧牲與冒的風險，與他們渴望實現的價值相比，顯得樸素得可恥。這個弱小的世代唯一能對世界拋出的只有冷嘲熱諷。這是一個靠著同類相食以求生存，手上沒有能反抗的武器的世代；這是一個不關注遙遠未來，更關注解決飢餓與保護領土的弱肉強食世代；這是一個如禽獸般的世代；這是個不公的負擔比不義更沉重的世代。

最令人憂慮的是，連語言表達都變得貧乏。曾經色彩繽紛，富有表現力的語言逐漸失去色彩，變得只能依賴幾個特定的流行詞彙和幾句粗俗的言詞來表達情緒。雖然人們需要符合當下潮流的表達方式，但語言的發展卻停滯不前。這個地方的時間比其他地方的時間走得更慢。當詞彙變得越來越貧乏時，思想也會變得越來越狹隘。最終，能選擇的路也會變得狹窄。

聽說前一天來找我的那個男人去世的消息，我非常震驚與悲痛。那是個手腕上有好幾處鋒利傷痕的男人。警察來到神堂，詢問那個男人在這裡問了些什麼問題。我告訴他們，我曾經勸告他自殺會墜入無間地獄。

我已盡我所能地讓他知道自殺的可怕。看見他害怕的神情，我感到安心。然而，一種超越那恐懼的更大恐懼吞噬了那個年輕男人。既可怕又悲哀。我預感他很快會以鬼魂的模樣出現。

被殘酷競爭淘汰的人應該選擇的不是死亡，而是一個可以重新進行其他挑戰的環境。我本想補充這一點，但話到嘴邊便打住了。也許這不僅僅是個人的問題，而是制度的缺失所釀成的悲劇。這是時代的錯。這不是僅憑一名巫師或一名警察就能改變的事情。

我的視線逐漸變得模糊。是因為靈魂變得混濁，還是因為這塊土地的氣不好？有時當真正的邪惡降臨時，連鬼魂都會選擇逃離。那種連鬼都感到寒冷與恐懼的，活生生的邪惡，或許正是這個社會的殘酷氛圍。

今天，一輛救護車悄無聲息地駛過，只有緊急燈號亮起。想起那些被體制推向懸崖邊緣的可憐靈魂，我感到一陣撕心裂肺的痛，壓抑得就要窒息了。

對於生活在同一時代，遭受同樣神經痛的靈魂，我能做的事並不多。我感覺自己就像鄰居的鬼魂一樣，陷入在無力感之中。或許我只是一個不必要的病毒，充其量只是減緩了這個體制的運作速度而已。

305
室

我注意到有人進入了304室。根據聲音判斷，好像是一名中年女性。我聽見了她的抽泣聲，出於好奇，我迅速準備出門。我站在自己的門前，靜靜地等待304室的門打開。沒多久，304室的房門緩緩打開了。隨著開門聲，我也趕緊出去。在走廊裡，我遇見那位中年女性，她看到我時嚇了一跳，但很快地就移開了視線。

她的穿著打扮頗具品味，手腕和頸部都佩戴著昂貴的手錶與飾品，十分引人注目。我假裝打電話，跟隨她一起走到一樓。我靠在僻靜的大樓角落。此時，一聲低沉而有力的引擎聲傳來，一輛豪華轎車靜靜地從我面前駛過。

我很容易就猜到她與304室住戶的關係。任誰都看得出來，她們有血緣關係。我萌生了一個想法，或許我該和鄰居建立更親密的關係，腦海中飛快地勾勒出了下一步行動的藍圖。

那輛轎車駛離我的視野不久後，我直接前往304室，並敲了門。當門打開的時候，我問她因為有點吵，是否能安靜一點？她的沉默和淚水讓我有些疑惑，是被我嚇到了嗎？我問她我方便進屋嗎？她沒有說話，只是沉默地點了點頭，將門開得更大。我走進昏暗的屋內，遠處色彩繽紛的水族箱映入眼簾。

我用平靜且沉穩的聲音說，吵雜聲干擾到我的睡眠。３０４室住戶大聲道了歉。噓！我將手指放在嘴邊示意她保持安靜，並輕輕地把她推進屋內。我繼續用平靜但足以令人畏懼的語氣繼續說。

我向她解釋，因為她屋子裡突然發出的聲音把我嚇了一跳，導致我摔倒了。我很痛，可能需要去醫院。為了讓她相信我的話，我輕輕地捲起褲角，讓她看到我的傷疤。她看到後顯得非常震驚，我刻意露出痛苦的表情，問她打算怎麼辦。這是一種心理上的施壓。

她似乎想到了什麼，臉色一變，打開抽屜拿出一個兒童玩具急救箱。當我看見孩子們才會玩的玩具，我心中的疑問煙消雲散。我不用看就能知道她接下來會做什麼。

我已經習慣了顧客買飾品時舉棋不定的表情，僅憑顧客微小的臉部表情變化就能判斷他們是否會購買。然而，３０４室住戶的情況則完全不同。雖然她拿出來的是一個玩具急救箱，但從她那充滿熱情又真摯的表情，我能感受到她就像一名面對急診病人的菜鳥醫生，決心不輕易放走任何一個病人。她還在猶豫時又看見了我的痛苦表情，最終她把整個急救箱倒過來。她似乎認為裡面沒有合適的治療工具，開始在屋內焦急地來回走動。

我繼續極力表現出痛苦，不停地催促她。這時，３０４室住戶翻遍了內衣櫃，拿出一些錢遞給我。想到那裡出現了我家一個月的房租，我不由得好奇那裡面究竟有多少錢。我的好奇心讓我有了一些不該有的念頭。304室住戶彷彿真的以為是她害我受傷，真心地替我擔憂，我則繼續裝痛。

我感到很困惑，騙人竟然如此輕易。如果沒有其他人進出304室，那麼這屋子裡的錢都能落入我的囊中。然而，一想到定期來訪的303室住戶和她的母親，我就感到有些遺憾。

這時，我突然想到了我的弟弟。我弟弟的殘疾比304室住戶更嚴重。在雙薪家庭中長大的我，不得不成為弟弟的「媽媽」，一想到這，我的眼眶一下子泛紅了。這是無聲的啜泣。眼睛變得溼潤，嘴角乾燥，304室住戶看見後不再露出驚恐的表情，而是默默地依靠著我，也哭了出來。

我像與自己的弟弟交談一樣與她聊天。我使用了和弟弟交流時用的特殊語言、簡短的詞彙、誇張的手勢和面部表情，還有，就像說書人一樣用各種表情贏得了304室住戶的好感。當我使用和弟弟溝通的語言時，304室住戶的語氣也改變了。

「多虧了你，姐姐現在好多了。以防萬一，要是姐姐還是會痛，我會把這筆錢當成醫療費。」

304室住戶吐了一口氣，彷彿剛完成一場長時間手術的醫生。

「沒關係，如果姐姐覺得不舒服就來找我。」

「沒關係，你幫姐姐『呼呼』以後，姐姐感覺好多了，你是最棒的。」

「太好了。」

我小時候和弟弟用的特殊語言對她同樣奏效。我們用孩童般的語言交換了心情。隨著對話漸漸深入，304室住戶的簡短詞語變長了，表達也變得更加豐富，就像一個五歲的孩子突然成長為十二歲的孩子。

「再來玩吧。我會幫姐姐擦藥。不可以一個人不舒服。」

304室的對話結束後，我立刻離開了她的房間，去買了一隻和我在水族箱裡看到的魚非常相似的玩偶。我手中緊握的是304室住戶給的錢。我有心用這個玩偶作為釣餌引誘304室住戶。雖說那是很久以前的事，但在處理304室這一類的孩子這一方面，我是無可匹敵的專家。

我知道，只要我和304室住戶的視線保持在同一高度，使用相同的語言，她就是我的了。她就像落入我網中的大魚。

我匆忙地選購了各式各樣的魚玩偶，將它們塞進大背包裡。我不知道她會喜歡哪一種，所以我盡可能地把我能想到的魚玩偶都放進去。買完各種最便宜的魚玩偶後，我恰巧瞥見自己在鏡中的倒影，不由自主地停下了腳步。我茫然地看著自己提著滿滿一大包玩偶的模樣，就像一個滿載而歸的漁夫。我不禁笑了出來。但我的表情並不如滿載而歸的漁夫那樣得意洋洋，也不像替心愛的孩子送上禮物的母親，更像買了高中獎率樂透彩券的人，無比激動。

深色的刺青，臉上的穿孔，紫黃相間的頭髮，手上則拿著五彩繽紛的魚玩偶。這種對比鮮明的模樣連我自己都覺得頗為滑稽。人們會怎麼看待我？會有人把我視為拿著送女兒的禮物的慈祥母親嗎？還是，正如306室阿姨所言，我在他們眼中不過是個怪物？

設計工作令人愉快。身為一名設計師，最美好的時刻莫過於我交出的設計作品一次過關，無需任何修改。那種喜悅難以言喻，感覺自己彷彿成了造物主般。但奇怪的是，每當我無法隱藏喜悅之情的時候，哥哥就像鬼魂一樣準確地感知我的情緒。他總是拿侄子和侄女當藉口，讓他們來問候我，實則是他好奇我的生活。他想打探我的經濟狀況。

他會提起已過世的爸爸。他是否知道，一旦觸及我最脆弱的地方，我就會變得無能為力？每當他提起爸爸一個人獨力撫養我們兄妹的事，我就無計可施。他會誇獎我是令爸爸自豪、非常獨立的女兒，隨後即暴露真實意圖，他表示自己可能會被趕出家門，問我是否能照顧侄子和侄女一段時間。然而，他比我更清楚，在這個家裡照顧孩子有多困難。無需其他多餘的解釋，結論就是：他需要錢。

這次，我決定不再像以往一樣一次給他他想要的全部金額。我嚴肅地告訴他，我自身難保，我只能分多次，一次給他一點。同時，我也勸告他不要做超出自身能力範圍之外的生意。哥哥達到了目的，很快地把電話轉給了侄子，然後草草地結束通話。

我蒙上被子哭泣，藉此發洩憤怒與悲傷交織的情緒。

等心情稍微平靜下來後，我發了簡訊給哥哥和大嫂，表達了我的感受。我渴望收到他們回覆，但無論我等待多久，我的簡訊都像石沉大海。他們總是突然出現又突然消失。總是如此。

當我意識到304室住戶能如常人般進行社會生活後，我的看法有了改變。原先我只將她視為一個少曬陽光以致於異常蒼白的肥胖女性，由母親掌管財政大權。但現在，我把她當成了朋友。我好奇她的銀行帳戶裡有多少錢，但想到她的智力狀況，日後出了問題，她可能不會撒謊，我決定閉嘴。

不過，我有其他辦法。只要更加用心地去馴服她就行了。精誠所至，金石為開。

304室住戶、我家的老狗，以及經常來我家的公狗，我認為並沒有太大差別。無論是動物還是人，在面對比自己弱小的對象時，總是會有兩種本能反應：將其留在身邊，或是攻擊。

我腦海中突然浮現了這輩子被母親嚴厲責罵的那次記憶。我從母親的錢包偷錢，放到自己的錢包裡被發現了。如果是現在的我，我有信心永遠不會被抓到，我會把錢放在母親永遠不會查看的地方，像是沙發底下或廚房角落。要讓東西歸我所有，需要時間。我不是在偷竊。我會等到對方放棄所有權，將它遺忘在記憶中後再佔有。這樣我就不會被責罵了。

為了展現好意，我買了一套急救箱送給喜歡玩醫院家家酒的304室住戶。我確定她看到禮物的時候，一定會開心得蹦蹦跳跳。

３０４室的門發出吱呀聲後緩緩開啟，我聽到了一個不同尋常的腳步聲。他們要去哪裡？我自問，為什麼我會對這些事情感到好奇？是因為缺乏交流的對象？還是因為我的家人不在身邊？我時常想念侄子們，但一想到去看望他們一定會遇見哥哥，那種不適感遠超過了我想見侄子們的渴望。那一刻，我渴望和人交談。哪怕那個人不是我的家人。

為了轉換心情，我決定去市場逛逛。我匆忙穿上一件薄針織衫，邁出家門。當我走到一樓大門時，我看見了３０４室住戶的背影。我迅速跑上前，開心地問她是不是住在３０４室？她上下打量著我，露出了微笑。最初的排斥感在她臉上出現如孩童般的笑容後消失得無影無蹤，我也跟著笑了。她指著我的頭髮，說我的頭髮和她一樣長。她看上去非常高興。

她手指了指地鐵站的方向，簡短地說了一個詞彙：「銀行」，我也指向同樣的方向，模仿著她的方式，沒有任何贅詞，簡潔地回以一個詞彙：「超市！」。

她很快地又看著我，做出一個哭泣的表情，好像在詢問我是不是哭過。我回答說：「沒關係」。她關心我紅腫雙眼的善良心地，深深地打動了我。

在超市買完東西後，我在附近等她。我打算在回家路上順便買一些水果給她。不久後，她回來了，雙手抱著某樣東西。看起來很珍貴。我沒有詢問那是什麼，只是安靜地和她並肩同行。她一直笑著說希望自己的頭髮能再長一點。她的笑容感染了我，我也跟著笑了。當我們正笑著走到大門口時。她的手機響起。從來電顯示的名稱寫著「姐姐」看來，似乎是303室住戶。儘管我沒必要避開，但為了避免像上次那樣尷尬的情況，我用眼神和她道別，然後快步走回家。

儘管我們交談不多，但和這種純粹的人對話總能帶來難以言喻的安慰。我想如果我有時間的話，應該要再參加義工活動。我渴望與人見面，和他人進行交流與溝通。那一天，我感覺到自己需要一個朋友。

保險金如期到帳。保險公司的員工似乎在仔細觀察我的表情。他們是不是在尋找我臉上細微的顫抖？是不是想知道我有沒有為了那個男人的死而歡天喜地？但不管發生多糟糕的事，我不會因為如太陽明天一樣會升起的事情而高興。我帳戶的數字確實發生了變化，但我的生活並沒有因此而有所改變。我需要存更多的錢。在短期內，我還得繼續提供免費食物給那些挑剔的奧客。

保險公司員工表示，根據公司內部規定，他們本應提起訴訟，但由於找不到任何證據，所以決定先給付保險金。他的言詞中透露出了不滿，就像在威脅我如果以後發現任何可疑之處，他們會追回已給付的保險金。我險些沒控制好我的表情，幾乎要破口大罵。他們用施捨的態度給付了保單上本應支付給我的錢。真是令人厭惡。保險公司在投保前後有著不同的面孔，判若兩人。對付這種人最好的方法就是以其人之道，還治其人之身。對這些人，禮貌是多餘之物。

他們一定是用各種甜言蜜語哄騙了那個男人投保，但在給付保險金的時候卻像對待罪犯一樣。就算那個男人過了兩年自殺免責期才自尋短見，這些人同樣會用對待罪犯的高壓態度對待我。現在，我終於不必再忍受這些人的嘴臉了。

作為一名社工師，每季度我都會定期訪問３０４室住戶。當我在約定的日子敲門時，通常能聽見她倉促的腳步聲，今天卻異常安靜。她除了偶爾去水族用品店之外，幾乎足不出戶。這讓我更加擔心。我們早上已經通過電話，我提醒過她我下午會來訪，但我敲了兩次門，屋裡依舊沒有任何回應。考慮到還有其他殘疾人士的家訪日程，我不能無止盡地等待，不得不將探訪３０４室的計畫暫時擱置。處理完外勤工作後，我回到辦公室處理其他工作。

由於還有一些文書作業還沒完成，我拜託其他同事代替我去探訪３０４室，而我則留在辦公室完成剩下的工作。正在此時，我接到了一個緊急電話。電話那頭傳來粗重的呼吸聲，我本以為是男同事的惡作劇，但周圍的喧譁令我感到緊張。那個粗重的呼吸聲還沒停止，電話那頭傳來一個男人的聲音說：

「我是救護人員。我們現在正趕往急診室。」

由於是下班尖峰時刻，我比救護車更早到達醫院。很快地，載著３０４室住戶的救護車抵達，我來不及詢問詳情，就跟著抬著304室住戶的擔架進了急診室。一名醫生與一名穿著西裝的男人同時問我：

「您是患者的監護人嗎？」

「您是客戶的監護人嗎？」

「不管我是患者監護人還是客戶監護人，一次一個人問。」

穿著西裝的男人遞給我一張名片，名片上寫著「調查員」。我不解地看著他，他解釋說最近醫院因為保險詐騙案非常困擾，因此他被保險協會派遣到這裡負責調查一些涉嫌詐欺的案件。我心想，一個沒有強制執行力的私人公司最好是有處理詐騙案的能力。難道不是嗎？

就在這時，醫生臉色沉重地走到我面前。他的眼神帶著一種安慰之意，說道：

「患者過世了。死亡時間為十七點四十七分。」

聽到304室住戶被正式宣告死亡的消息，我感到更多的是驚訝而不是悲傷。醫生離開了，那名私人調查員還在繼續追問：

「有投保嗎？」

304室住戶去世了。我的同事都震驚地呆立著，其他福利機構的員工也接二連三趕來。

「客戶？客戶？」

這真是煩人的一天。

「喂，保險公司的人難道沒有人性嗎？換成你的家人去世，你也只會口口聲聲『客戶』吧？我說得沒錯吧？」

我真誠地希望304室住戶下輩子能實現她的夢想，成為一名優秀的護理師。

我聽到了以前從未聽過的腳步聲。是我不認識的聲音。聽起來像是有人在敲304室的門。連續的敲門聲後，屋裡仍毫無回應。接著，我聽見走廊有人在打電話，詢問是否有304室的備份鑰匙。不久後，306室阿姨的抱怨聲和備份鑰匙的碰撞聲響起。304室住戶顯然待在屋裡。我沒聽見過304室房門開關的聲音，這意味著她還在屋內。出於好奇，我留在房門口，耳朵貼近，全神貫注地傾聽走廊上的動靜。

就在306室阿姨打開304室門，正要踏進屋裡時，我聽見了一陣男人粗重的呼吸聲。他貌似在說話，但呼吸聲淹沒了他的話語，我聽不清楚他在說什麼，只能聽見像是禽獸般的嗚咽聲。

306室阿姨用嘲弄的口吻問那名男人怎麼了。那個男人的聲音聽起來像是被嚇壞了。緊接著，306室阿姨的慘厲叫聲劃破了走廊的寧靜。她的聲音本是沙啞的，此刻卻尖銳刺耳，充滿了恐懼與驚慌。301室房門被猛然打開，301室住戶似乎在查看走廊發生的異狀。她慌忙地撥打電話，一再重複著「請快點過來」。

304室顯然發生了不尋常的事情。但我太害怕了，遲遲不敢踏出房門。不久，窗外出現了閃爍的光芒，我沒有聽見警笛聲，不確定那是警車還是消防車。我只聽見了人們的喧譁聲。

【搜查官】

無論經歷過多少次死亡，我始終無法習以為常。我並不是因為想見到死者的遺體才成為刑警。然而，在這一帶，我經手許多自殺事件。我感覺自己不像個重案組刑警，更像是專門處理自殺的自殺小組刑警。

當我再次踏入３０４室，那裡的住戶已經沒有了生命跡象。我拉開窗簾，昏暗的房間頓時灑滿陽光。死者口吐白沫，上半身無力地橫躺在沙發上，地板上有氨水的刺鼻味道，沙發上則是散發嘔吐物的酸臭氣息。一個打翻的馬克杯裡殘留著泛有桃色光澤的花茶，看起來像是隨時會溢出。這些都是自殺者家中常見的畫面。

唯一放在室內的幼苗和陽台上的其他花明顯不同。它的枝芽上有幾朵盛放的花，也有一些花瓣與葉子散落一地。雖然這看起來像是典型的自殺案件，但我仍然堅持按照程序，要求對遺體進行屍檢。

屍檢結果顯示，死因是一種名為夾竹桃苷（Oleandrin）的毒素。死者喝下了泡有夾竹桃花瓣和莖的茶。夾竹桃雖然有著卓越的空氣淨化效果，日常中容易取得，但其花瓣和莖卻有著致命的毒性。為何死者會喝下夾竹桃花瓣和莖呢？這純屬巧合嗎？一向喝碳酸飲料的死者卻喝了茶？所有跡象與我的直覺都指向了３０３室住戶。

我對同一層樓發生相似事件的機率起了疑心。因此，我從檔案櫃取出了先前的調查文件。在我對死者的死因進行深入調查時，種種現象都指向了３０３室，她洗脫不了嫌疑。我決定將先前倒地的男人命案與３０４室住戶的命案合併，展開更加全面的調查。

我們曾分析過閉路電視影像，當時認為可以百分百相信三樓住戶們的話。看似無人說謊。最近進入過３０４室的有３０３室住戶與３０５室住戶，以及３０４室住戶的親生母親。親生母親被排除在嫌疑人之外。從我們的對話中，我能感覺她的恐懼。她害怕被其他家人發現女兒的存在，因此斷了所有聯絡。即使在我們通知她前來領取女兒的遺物時，她也不理會。比起缺乏明顯動機、嫌疑或證據，這種家人的默不關心才是影響調查意願與阻礙搜查工作的最大因素。

閉路電視影像的存檔期限最長為三個月。考慮到那劇毒植物幼苗從生長到開花所需的時間，我迫切需要能回溯到三個月以前的閉路電視影像。我感覺自己又一次遭受了挫折。如果這是一場有預謀的謀殺案，犯人顯然進行了周密的策劃。根據我多年來的辦案經驗，我的直覺告訴我這是預謀犯罪。但遺憾的是，除了我的直覺，我手頭沒有任何實質證據能支持這一點。

刑警突然的造訪讓我措手不及，我不想以憔悴的模樣見人，但那響徹天際的敲門聲讓我別無選擇。刑警斜靠在門框上，眼神中沒有任何溫度，只是機械性地詢問３０４室住戶近日是否有什麼異常，當我回答沒有時，他冷漠地提起３０４室住戶的死亡，語氣輕描淡寫，好似在談論著街頭流浪貓的死，我對他的態度反感之至，建議他去問３０３室住戶會更快。這名刑警與我之前遇見的女刑警不同，他面無表情，公事公辦，我不想和這種人深入交談。

在對話中，他的反應同樣乏味且機械，讓我懷疑在警察培訓過程中是否教過如何在談話中假裝傾聽對話和給出反應，無庸置疑地，同理心並不屬於他們培訓的一部分。我想告訴他一件事：要讓對方張開嘴，必須先扔出一些誘餌，單靠呆板的表情只會一無所獲。而且，最重要的是，他不應該在別人沒化妝的時候敲門，更不應該如此冒昧提問。

他面無表情地問我，在過去兩三週是否聽到三樓有任何異常的聲音。我小心翼翼地回答，雖然這與３０４室無關，不過我確實聽見過３０６室為了催繳房租，粗暴地拍打３０５室的門。刑警將我的話記在筆記本上，又追問：「還有別的嗎？」我冷淡地回應：「沒有了。」

「如果您又想起什麼就聯絡我們……」

為了抗議他缺乏同理心與粗魯的公權力，我沒等他說完就把他推出去，就像在逐走一名不速之客。

三樓已經死了兩個人，我卻礙於未到期的房約無法立即搬家。我不清楚她的死亡真相，只能胡亂猜想。一名長時間獨居的繭居族的死因，十有八九是自殺或病死。這種念頭稍微減輕了我心中的不安。我既遺憾又害怕。我沒勇氣詢問死因，是因為我不想在腦海中描繪出死亡情景。

大嫂突然的聯絡讓我有些意外。她又拿侄子們當藉口。我本以為只要給她一點錢就能了事。

「我帶著孩子們到這附近，他們說想見姑姑。」

「啊……怎麼沒事先聯絡，我現在不方便……」

「你在哪裡？孩子們說很想你。」

「那我告訴你地址吧。」

不久後，走廊上充滿侄子們的笑聲。這是我第一次聽見孩子的腳步聲，竟然如此悅耳。我急忙跑去開門。

快兩年沒見過侄子們，他們都長高了，一看見我就撲進我的懷裡。看著他們穿著與身高和季節不符的衣服，我猜想大嫂是不是在暗示我買新衣送他們。

「大嫂，你也進來吧。」

「你家收拾得真乾淨。」

狹小的屋子沒有能勾起侄子們興趣的東西。他們一進門就直奔臥室，在床上蹦來跳去，大嫂則四處打量，說自己應該早點來看望我，但她的聲音卻逐漸變小，透著一絲失望。

「沒關係的，反正我很快就要搬家了。」

「你打算搬到哪裡去？」

「還沒決定，可能會搬到長期合作的公司附近，那樣開會方便。」

「啊，就是你之前說過的那家公司附近？那裡不便宜呢……」

「我可能會申請一些貸款。」

「喔，不錯啊。我其實是出來辦事，順路過來看看你。你哥也很擔心獨居的妹妹。」

「孩子們的衣服怎麼這麼小件？」

「孩子本來就長得快。」

大嫂和侄子們彷彿達成了某種目的，沒待上十分鐘便又匆匆離去。哥哥一家只有在需要時才會聯絡我。這種關係讓我身心俱疲。他們前腳剛走，難以忍受的頭痛又開始襲來，我趕緊找出止痛藥吞下。每次哥哥一家來訪，我的壓力性偏頭痛就會發作。最近哥哥聯絡我的頻率越來越高，他是不是見不得我過得好？

儘管我們是一家人，但我想保持適當的距離。

我懷念那段結束的戀情。我不確定前男友突然收到「你過得怎樣」的訊息，會是喜悅還是不快。但在這種情況下，我決定冒險挑戰那百分之五十的可能性。他個性沉默寡言，我發送訊息前猶豫再三，終於鼓起勇氣發出那條有著大量刪節號的訊息。每個刪節號都有著我深思熟慮後的痕跡。

我突然想起了你……你過得怎樣？

已經兩年了嗎？時間過得真快，是吧？

我想起了我們和我哥一家人去旅行的那些日子，

碧綠的大海，波光粼粼的浪濤……
讓腳趾頭發癢的沙粒，帶著鹹味的海風。
那時你對我的兩個侄子很好。
我只是想知道你的近況。

當我按下傳送鍵的那一刻，心中突然湧起一種比吞下酸檸檬還要強烈的懊悔。我的臉龐不自覺地皺成一團。我深知衝動問候將會帶來何種結果。但簡訊沒有撤回功能，我將手機翻來翻去，就像拿了個燙手山芋似的，然後靜靜地按下拒絕接收回訊的按鍵，又將手機埋在枕頭下。現在，前男友的回訊暫時只能在無形的電波中飄蕩。我向自己發誓，至少在接下來的幾個小時內，不能去觸碰手機。太難為情了。

從某一刻開始，我就看不太見鬼魂了。這是否意味著我是一個天賦不足的靈媒？或者我應該為此感到慶幸？

我千方百計，試圖召喚不幸離世的304室住戶，但她的靈魂好似永遠地消逝了。我聽見306室阿姨在走廊裡的通話聲，她說304室住戶如何愚蠢地結束了自己的生命。但身為靈媒的我，無法相信304室住戶會自行了斷。

純潔的靈魂絕不會自行終結生命，必是有人蓄意謀殺。我多次嘗試召喚她的靈魂，希望知道她真正的死因，但每次都以失敗告終。或許她並沒有因為自殺而墜入無間地獄，反而上了天堂。這就是為何身為巫師的我始終沒能找到她。她可能已經永遠離開了這個紛擾的世界，我衷心希望她去到一個更美好的地方……

306室阿姨每次打掃時總是吟唱著聖歌。令人厭煩。為何有些人不明白，那些帶著惡意的言語終究會害到自己。惡意中傷死者的女人終將受到應得的懲罰；詆毀他人的人，禍端終會降臨到自己頭上。若非如此，那些災禍將世代相傳。顯而易見的是，那些悄無聲息逼近的災禍會在體內生根發芽，無從躲避。

３０６室住戶的信仰，貌似只眺望天堂，從不俯視地獄。她那違背自然法則的逆行，終將招致巨大災難。儘管我有意向她提出警告，但要打破一個人盲目的信仰絕非易事。

「結果主義的信仰，並非你所信仰的上帝所願」，我極想告知她這一點卻強忍著沒說出口，因為這需要當事者自行領悟。擁有狡猾蛇舌的３０６室住戶已然迷失，需要指引。

她那融合了薩滿教與邪教的怪異信仰，猶如傳說中被隨意安上野獸頭顱的怪物。能與那種怪物的理性交換，唯有生命。她是那種在死後才能醒悟的愚昧之人。

她的靈魂需要一記當頭棒喝。

刑警再三追問３０４室內平日會傳來哪些聲音。我如實回答：我時常能聽到兩名女性的交談聲，以及拖曳的沉重聲響，我說那些聲音聽起來像是搬運重物的聲音，刑警彷彿理解了我的意思，點了點頭。我困惑地歪著頭，刑警隨即解釋道：「可能是因為她養了很多盆栽。」

在查詢了我的犯罪紀錄卻未發現任何特別之處後，刑警又是一次搖頭。他接著詢問我為何進入３０４室。我平心靜氣地回答，是因為３０４室太吵了，我去那裡請住戶保持安靜，出於同情，我還送去了我認為她會喜歡的玩偶和零食。我補充說明，我覺得她特別喜愛魚，所以送過好幾個便宜的魚玩偶。

當被問及是否有過任何金錢交易時，我堅決否認。的確，我曾收到了一筆相當於一個月房租的錢，但畢竟沒有任何證據。我坦率表示，我對３０４室住戶一無所知，我不過是作為鄰居偶爾關照她罷了。

我還補充說，起初，３０４室住戶看到我會嚇得躲回自己家中。「她可能被我的外表嚇到了吧」，我這樣說時，刑警贊同的表情讓我不快。但我強調，查看閉路電視影像就能曉得，

304室住戶後來不再怕我了。自從我送她魚玩偶後，她和我的關係變得親近，此後，我不斷地送她她喜歡吃的零食，以此償還了她給我的那筆錢。不過，還有很多零食我還沒來得及送給她。

這些令我不舒服的提問永無休止。

那名從我家渾身是血逃出的男人，已經是許久之前的事了，但刑警卻進行了詳盡的盤問。時間已經過去太久，久到我已經無法說出確切時間。

「上次您行使了緘默權。當然，那與這次事件無關，但能否詳細說明一下當時的情況？」

「您總是讓我感到不舒服。」

「抱歉，如果不是太麻煩的話，我還是想聽聽。」

「那和這次事件有關嗎？」

「我的工作主要是傾聽，現在還很難說有沒有相關……」

我急於擺脫這個充滿壓迫感的地方。

「那已經是幾年前的事了。我在做生意的時候，一個騎摩托車的男人停在我的攤位前。他的耳洞和我很像，我推薦了他幾款配飾，我們友好地交談。他問了我許多問題，我也友善地回答了。我們的品味和年齡都很相似。」

「我明白了。」

「接下來幾天，他也來找我，主動對我表現出好感，我並不想避開他。」

「原來如此。」

刑警冰冷的目光無聲地要求我說下去。

「他連續一個禮拜都來找我，自由地進入我的空間。我從未遇到這種情況。通常人們看到我都會害怕。生意結束後，他會騎摩托車載我兜風。感覺非常好。我平時大多乘坐大眾交通工具，所以騎摩托車感受到的涼爽微風，讓我心情格外振奮。」

「聽起來很美好。」

「是的，感覺非常好，太好了。好到我覺得即使在飆車的時候出了事死了，我都會覺得值得。在極速與死亡交接的時刻，我感受到了幸福。我想也許是因為我長期暴露在像是戰場般的壓力下，所以我在類似的極端情況下感到了安慰。」

「我明白。」

「那個男人深夜送我回家，我無法就這樣讓他離開，於是邀請他到我家。那是我第一次邀請別人到我家。情投意合的成年男女共處一室，氣氛很快就變得火熱。」

「確實會那樣。」

刑警的表情沒有任何變化，依舊是公事公辦的口吻。他時而寫筆記，時而看著我，表情始終是不友善的。但我還是忍住了。我希望這些對揭開304室住戶的死亡之謎有所幫助。

「當燈光暗下來，我們能清晰地聽見彼此的呼吸，氣氛變得曖昧，那個男人走向了我，我靜靜地閉上眼睛，我們緊緊相擁，深吻，吻了很久很久。就在我沉醉在那種歡愉中時，我突然意識到了某件事。」

「是什麼？」

「那個男人一邊吻我，一邊試圖脫掉我的衣服。」

「啊……」

「我只想接吻，但他想要更多。當我們互問彼此是不是有意，我說『我對你有好感，但我還沒打算走到那一步，今天就到此為止吧』。」

「好的……」

「他完全沉醉於那種氣氛，又撲了上來。我很吃驚，用力打了他一耳光，又咬了他一口。我問他『如果我脫光衣服，他有沒有信心不後悔』，可能是我打錯地方，他的鼻子流血了，白衣服也被鮮紅的血浸溼了。」

「原來有過這種事。」

「我毫不猶豫地脫光了所有衣服，扔到一旁。他看見我的身體後，驚慌失措地逃跑了。許多人誤會我和黑幫分子交往過，或者我自己就是個太妹才刺青。實際上，我這麼做是為了掩蓋燒傷的疤痕。如果仔細看的話，會發現疤痕的表面凹凸不平。我只在肌膚外露的地方刺青，而衣服下的疤痕則保持原樣，沒有刺青。要我現在脫給您看嗎？」

「啊，不，不必了。不必那麼做。」

我不顧刑警的勸阻，站了起來，把上衣拉起來，又放下。

「我這麼做是為了讓自己看起來堅強，否則，就只會顯得令人厭惡。我寧願看起來可怕，也不想令人噁心。這些都是為了保護身上有燒傷疤痕的自己。小時候，我餵弟弟吃飯，結果家裡發生了火災。那次事故奪去了我弟弟的生命，我認為那是我的責任，所以一直默默地承受這一切。」

「竟然有這種事……」

「我們家無法承擔昂貴的治療費，因此我只接受了一陣子的燒傷治療。我爸媽認為相較於把錢花在不知何時能結束的燒傷治療上，花在哥哥的大學學費上更有意義。這是很理所當然的選擇，我也沒有異議。」

刑警點頭表示理解。

「我就這樣帶著傷疤讀完了國中、高中。您能想像嗎？一個有著燒傷傷疤的學生，在炎熱夏天也必須遮掩疤痕。我在上學的時候做過各種打工，用存來的錢在脖子一側刺了人眼，另一側刺了眼鏡蛇。然後，我逃離了家裡。」

「啊……原來如此。」

「在我爸媽的眼中，我是他們的負擔，而在哥哥的眼裡，我就像欠下的債。最令我難以承受的是別人同情的眼光。」

「我明白。」

「自從弟弟去世後，家裡就再也沒有歡笑。我知道要改變很難，我的家人也這麼認為，不過我堅信自己能改變它，所以我決定離開家，創造自己的人生。我想創造屬於自己的世界，所以我開始製作飾品。」

「啊，所以您專門製作女性飾品？」

「不，我也製作男性飾品。」

「您為什麼隨身攜帶錘子？是作為自衛用品嗎？」

「我在業餘時間學習皮革工藝，那是工具。」

「是指女性皮夾之類的東西嗎？」

「我不會刻意區分。我想製作每個人都能使用的東西。刻意限定市場是愚蠢的行為。」

「無論如何，您這麼年輕卻經歷了這麼多事。刺青後感覺有好一點嗎？」

「我認為刺上可怕的圖案會讓我變得更強壯，但並非如此。我還是我。不過至少外表上看起來更堅強了。這也算一種安慰。每當面對真實的自我，我都會感到痛苦，但至少現在我已經改變了。戴上可怕的面具，隱藏內心，就像穿上盔甲一樣，令我安心。」

「我的工作就是傾聽，感謝您的體諒。需要來根菸嗎？」

「您不必調查我的犯罪前科紀錄。因為除了擺地攤被罰款過幾次、埋葬了一隻死貓時違反了廢物處理法被罰款之外，我沒有其他紀錄。我不菸、不酒。我對火有創傷，怎麼可能會抽菸？我死去的弟弟和304室住戶一樣，都是發育遲緩的孩子，所以我對她更有感情。這就是全部了。」

刑警的眼神很快地變成了憐憫。我雖不喜歡那種眼神，不過坦白一切後，心情確實輕鬆了不少。

「這些事情肯定很難啟齒，感謝您的配合。」

「如果可以的話，我能拿回之前送她的魚玩偶嗎？我捨不得它們被扔掉，畢竟我把她當親妹妹一樣看待才送她的。」

「我會告訴現場的警官，您可以帶走那些東西。我們曾聯絡上304室住戶的母親，但當查明她的不在場證明後，她就斷了聯絡。她正在準備離婚，似乎隱瞞了自己有個智力障礙的女兒。她擔心身為單親媽媽的身分曝光，在財產分配上會遇到麻煩。有像您這樣的人真是太好了。」

在我結束短暫的證人調查後回到家，我看見304室門口貼上了黃底黑字的警告膠帶。

禁止入內—警察封鎖線—調查中

我無法忍受自己的卑鄙，我竟然曾經貪圖304室住戶富有生母的財富，我感覺自己很噁心，我甚至覺得，我沒臉面對已故的弟弟。

304室住戶現在才二十多歲，如果弟弟還活著，他也差不多是這個年齡。想到她曾想撫摸我那為了隱藏疤痕而刺下的凹凸不平刺青，我的內心湧現出深深的歉意。她喜愛美麗的魚和花朵，我怎麼能讓她觸摸那令人恐懼的蛇頭和突起的人眼呢？

每當「砰砰」的聲音響起，哪怕聲音再小，我都會感到驚恐。而這次突如其來的巨響更是讓我渾身顫慄。那是用緊握的拳頭猛烈拍打所造成的聲音。撼動著整座大樓的敲門聲，無疑是306室阿姨造成的。她來催我繳房租。

面對306室阿姨的催促，我主動開口，詢問了之前到底發生什麼事。

阿姨對304室住戶的自殺事件似乎頗感興趣，甚至忘了自己來的目的。她面露不悅之色，彷彿自言自語地說304室住戶是吞藥自殺，說自己這才知道她患有智力障礙，一切都有些不對勁。她質疑，怎麼會有人蠢到自殺，難道不知道自殺會下地獄？而且會給整棟大樓帶來麻煩。聽她這麼說，我忽然想起，從昨天開始，304室就再無聲息了，或許她那時已經死了。我感到一種難以言喻的悔恨，強烈到無法抑制自己的淚水。

「總之，如果這個月底不繳清房租就得搬家。你的押金已經扣光了。」

刑警告訴我，屍檢結束後將舉行葬禮，我詢問了葬禮地點，並匆忙換上黑色的服裝，摘下了臉上所有的穿孔飾品，戴上黑色假髮，並用長衣服遮住所有的刺青。

當我抵達殯儀館卻發現那裡空無一人，只有一張304室住戶的遺照靜靜放置著。照片看起來像是被放大的證件照，狹小的空間令人尷尬，給人一種置身於巨大圓頂體育場的錯覺。原來這裡不是葬禮地點，而是火化場。火化場旁邊簡陋地擺放著304室住戶的遺照，大門上方則寫著「無親亡者臨時安置處」。看來是冷漠的刑警把葬禮和火化搞混了。

我懷著歉意留在那裡，直到火化儀式結束，她的家人到最後都沒出現。303室的社工師來了一下子，似乎只是為了處理死亡相關文件。她看見我在場，驚訝地瞥了我一眼就匆忙離去。最終，我獨自一人守候在那冷清的空間裡。火化結束後，一名工作人員淡漠地告訴我：

「如果沒有人領收，遺骸將暫時安置在納骨堂，然後處理掉。」

「處理掉？我願意領收，帶去灑掉。」

「你不能隨便灑骨灰，居民會投訴……」

「知道了。」

我不想繼續聽工作人員冷漠的話語，便打斷了他。對我來說，最重要的是，我不能讓304室的骨灰留在那陰暗又壓抑的地方。這個決定沒有花我太久的時間。不久後，我接過了輕盈又溫暖的304室骨灰盒，我凝視著樸素的塑膠骨灰盒，陷入了沉思。在人生的最後一程，骨灰盒上卻沒有304室喜愛的花朵圖案，這讓我無比遺憾。

人們都夢想著高貴的死亡：在白色床單上，注視著悲傷的家人，用平靜的微笑迎接死亡。無論經歷了什麼樣的人生，人們總是夢想著最後能尊嚴、優雅地死去。死亡與誕生緊密相連。沒有不哭泣的誕生，也沒有無淚水的死亡。如果生命的盡頭沒有淚水，那必然有人需要為其哭泣。我懷著歉意，暫時擱下生意，決定親自為她舉行葬禮。

我立刻搭上開往麗水的高速巴士。我沒有多少時間考慮該在哪裡灑骨灰。我到達麗水後，又搭乘一小時車程的巴士，最終抵達了一個寧靜的海邊。久違的大海氣息如此舒適。確認周圍沒有人後，我爬上了一座低矮的小山丘，疲憊地坐下。面前的深藍色大海與粉紅色晚霞交織成一幅美麗的畫面。這裡是個非常適合３０４室住戶的地方。

我讓她欣賞了這美麗的海景後，在小山丘邊的一顆樹下，輕輕地灑下了她的骨灰，並用泥土覆蓋。我將泥土放入空骨灰盒裡，並移植了一顆不知名的小花樹的根。就這樣，３０４室住戶短暫的一生與葬禮告一段落。

「你在這裡可以看見比水族箱更遼闊的大海，旁邊還有盛開的美麗花朵和朋友。所以從現在起，安息吧。」

我在那裡坐了許久卻沒有流出一滴淚水。即使我努力回想一些悲傷的事，試圖擠出淚滴，但我的生活中更多的是怨恨，而非悲傷。直到天色變得昏暗，我才拍去屁股上的泥土，緩緩地步下小山丘，來到空無一人的公車站等公車。公車班次間隔相當長。在那裡，我默默祈禱著３０４室住戶和我的弟弟能安息。我坐上姍姍來遲的公車，透過車窗，看見了自己陌生的倒影。我之所以感覺陌生，不是因為戴著黑色假髮或是臉上沒有穿孔飾品，而是因為我不再是那個購買中獎機率高的樂透會一臉期待的怪物了。

當我下了公車，準備換乘高速巴士時，突然間下起傾盆大雨，人們加快腳步，口中抱怨著陰暗的天空，我卻露出久違的笑容。這本該是個沒有眼淚的乾燥葬禮，卻幸運地被雨水打溼了。雨天生意難做，雨向來是生意人眼中的不速之客，但今天不同，我希望這場雨能徹底溼潤304室住戶和我弟弟周圍的花叢。

❦

那是我不出門做生意的雨天，306室阿姨的聖歌在走廊響起。她的嘴一邊忙著讚揚，一邊在電話裡咒罵。錯誤的信仰就像凶器一樣。從絕對感受不到耶穌香氣的女人身上發出的讚揚，聽起來就像逆耳的怪聲。

❦

幾天後，有人敲門。這次不是306室阿姨，而是房東。房東的語氣平靜且禮貌。他告訴我，由於我的房租拖欠過多，要求我搬離，如果我繼續佔用這間屋子，他將不得不採取法律手段。我覺得沒必要解釋我的情況，我只是感謝他這段時間以來的體諒，既然押金都被扣光了，我當然不能繼續住下去。

我就這樣被推到了懸崖的邊緣。我搬到一個房租更便宜的地方。我認為這是對我曾經想利用304室住戶的惡意應得的懲罰。這個懲罰還算輕的。幸運的是，這一區有很多更便宜的出租房屋。新家是白天陽光也照不進的狹小屋子。用「搬家」這個詞甚至讓我感到難為情，更適切的說法是「搬幾個包」。幾個包包，就是我「輕盈」的生活。我多麼希望我的生活重量也能如行李一樣輕盈……

在我那狹小又昏暗的房裡，我拿出了一個個曾送給３０４室住戶的魚玩偶，逐一排列整齊。經歷了一天的疲憊，連輕巧的玩偶都讓我感覺沉重。我將可愛的魚玩偶擺在床上、門口和窗台，靜靜地凝視它們許久。我很遺憾這裡不是海洋，而是一個潮溼且壓抑的空間。更確切地說，我的遺憾是為了３０４室住戶。

儘管如此，這個陰暗的房間因為日光燈和那些魚而變得明亮。雖然不是自然光，但我仍舊心存感激。儘管我跌入更深的深淵，然而這並不是絕望的深淵。這些小小的魚玩偶成為了我必須活下去的象徵。

我逐漸孕育出一個簡單的夢想：開一家小店，販售我自己製作的獨一無二飾品和皮革工藝品，再搬到一個能容納我棲身的屋子。或許，我配得上擁有這樣的夢想。

儘管它們只是玩偶，但當我凝視著那些五彩繽紛的小玩意，露出的微笑讓我不再像個怪物。在像今天這樣的日子，如果逝世的弟弟和３０４室住戶能出現在我的夢中，那該有多好……

303室

我接到了一通令人不悅的電話。儘管對方的語氣和行為非常禮貌，但再次被要求去警局仍然帶給我極大的壓力。警方請求我作為參考證人參與調查，時間任我決定。我約了下班後的晚上八點。原本預估調查時間需要大約一小時，但不到三十分鐘就結束了。調查比我想像得更順利，這是好事。

調查的問題主要圍繞在我與304室住戶的關係。身為一名社工師，同時也是住在對面的要好姐姐，我如實作答。我提到了曾經送她杯子蛋糕和水果等食物；最近一個多月沒有去過304室；偶爾會通電話，但通話時間都在十秒以內，沒有其他更深入的接觸。

我在描述時的語氣太過平靜，引起了刑警的注意。刑警追問我是否難過。事實上，我驚訝卻不難過。畢竟隔壁鄰居自殺了，誰會不驚訝呢？更何況那個人是304室住戶。

我盡可能回想了我關於水族箱和植物的記憶。刑警問我上次去訪問後有沒有注意到那些幼苗，我如實回答我對盆栽不感興趣，更不會留意盆栽裡的植物開花與否。

刑警又問我304室住戶平時喝不喝茶，我告訴他們，我曾建議過304室住戶少喝甜的碳酸飲料，多喝茶，有益健康。我也建議過她考慮健康，要控制飲食，並且照顧陽台上的盆栽，透過曬太陽合成維他命D。

我向刑警解釋，她可能並不完全理解我的話，但她非常信任我，總是按我說的去做。她的智商不高，不過就像隻訓練有素的小狗。

我還告訴刑警，我不太懂花的種類，但我知道像洛神花茶那樣的紅色茶對女性特別好，因此我曾推薦給她。她隔天就搬了一盆洛神花盆栽回來。她不斷地反覆唸著「洛神花」，就像是努力記住一個艱難的詞彙。後來，她還打電話問我，我只說了「洛！」她就能明白。

我坦承地告訴刑警，304室住戶非常喜歡花卉，特別是洛神花和三色堇，因此她的陽台上擺滿了各種花盆。幾天前我去了她家，她還準備了花茶招待我，但其實我只喜歡義式咖啡，並不愛喝花茶。刑警再次追問我關於幼苗的問題，我只能重複同樣的答案：我對花卉不感興趣。

刑警還問了我關於304室住戶銀行帳戶的事，我生氣地回答：我怎麼可能知道她的帳戶狀況！我對警方在沒有任何證據就提出的誘導性提問，表達了強烈的不滿。

我無法理解為什麼他要問我我領出已經存放多年的殘疾人津貼詳情。就連當社工師的我都知道不能過問他人財務。就算這名刑警再無能，他也應該要明白。

「如果您還有問題，就請您拿出搜查令。我對於證人調查的耐心已經到了極限。警察對一介普通公民做這些事，不覺得太過分了嗎？」

毫無根據地實施誘導性調查就像中世紀的女巫獵殺一樣，是一個無能之人不擇手段試圖誘導他人自白的行為。

我經常看到一些靈魂脆弱的人。他們沒有主見，容易被別人左右，缺乏自己的立場與力量，無法讓自己的意志成長。治療這類人的最佳方式就是：嚴厲斥責。要想喚醒他們，需要足以讓他們感到恐懼的強烈眼神、表情與聲音。另外，再說一些他們不想聽到的話，那就更完美了。越是脆弱之人，越需要下猛藥。

唉呦，這是哪位啊。是我一直期待的客人呢。３０６室住戶來到了我的神堂。我原本就打算找一天好好教訓她，沒想到她竟然自己送上門。這一定是權能之神的安排。看來她不知道住在３０１室的女人就是這個神堂的主人。她懷抱著淺薄的信仰，猶豫不決地來到這，恰好撞在我手裡。我努力控制自己的笑意，保持嚴肅的表情。她貌似十分驚訝，小心翼翼地坐下了，尷尬地說「原來你不是在酒吧上班」。她可能因為自己上教堂卻找上了我而感到難為情，於是拿朋友當藉口。

我再次用嚴厲的眼神看著她，要她說重點。可能是因為我的濃妝，或是昏暗的環境，又或許是神祕的氣氛，她被我的氣勢壓制，原本高大的身軀在此時此刻顯得渺小。噘起的嘴、縮小的肩膀、蜷縮的身體，卑微得像隻被嚇壞的小狗。

「我看得出你是因為家事才來的。」

「……」

「為什麼這樣看我！是因為你兒子吧？」

「是的……我太命苦了，我感覺自己的生活不穩定，好像會一輩子替人打掃。」

她恭敬地合攏雙手，謙卑地回答。

「我能透過你的肩膀看見你兒子的未來。讓我仔細瞧瞧吧。涉及的人非常多。他是不是做傳銷業的？」

「你怎麼知道……」

「你這個愚蠢的女人，為什麼不阻止你兒子去做傳銷？那不就是在欺騙別人嗎？」

「那我該怎麼辦？」

「命運無法改變，那能怎麼辦呢？讓我想想。首先，你必須安撫那些糾纏著你家人不放的鬼魂。」

儘管她年紀與我母親相仿，我依然不客氣地回應。巫師借助神的名義，享有對任何人放肆直言的權力。無論地位貴賤，不分男女老少。找出某人弱點的時候是最幸福的時刻，知道弱點直接關係著收入。最好的狀況就是對方信任你，因此先暴露出弱點，那就像小狗暴露出最脆弱的肚子一樣，而這個像老狗一樣的女人向我露出了肚皮。

「我想知道我以後該怎麼做……」

我緊盯著她的眼睛片刻，然後閉上眼睛說：

「撇開你坎坷的八字不說，你家的地基不好，有鬼魂緊抓住你的腳踝不放，你最好頭也不回地離開。除非是跟我一樣的人，否則沒人能在那棟大樓裡活下去。你不是很清楚嗎？那裡已經死好幾個人了！」

我見她不說話，又補充道：

「你有一個兒子對吧？你難道還在幻想你兒子靠傳銷能養你到老？」

「……」

「讓我瞧瞧，你有丈夫，但你們不住在一起。」

「你也看得見我丈夫？」

「首先，你必須驅走纏著你的鬼魂，否則你這輩子都賺不到錢，並且註定孤獨終老。你的命運太淒涼了，我不會收你這種不淨之人的錢，你走吧！」

「……請告訴我該怎麼辦吧，巫師。」

我只是搖頭，沒回應。

「巫師，我該如何是好？」

她再次詢問，我深深地嘆了口氣，說道：

「那你就放下一切離開吧。不要留下任何東西。再艱困也要緊緊地抓住你的丈夫活下去。想盡辦法留在他身邊。哪怕你再不樂意，你丈夫是唯一能拯救你的貴人。」

「我和我先生要賺更多的錢才行……」

「不要再給你兒子錢了。你給他的錢，非但不能成為救命錢，反而會成為毒藥。你怎能如此無知？我說過，必須先驅走纏著你的鬼魂。」

我打斷了她的話，並補充最後一句：

「如果不這麼做，你兒子就會死。在三樓害死好幾個人的自殺鬼已經轉移到你兒子那裡了。它會奪走人們最寶貴的東西！你怎麼還不明白，要等到兒子死了才後悔嗎？」

能快速發揮藥效的恐懼治療永遠管用。能讓306室住戶清醒的，是她的家人。她一生懷抱信仰而活，絕對不會對此感到猶豫。我只需要從旁愉悅地看她多年累積的信仰的基石究竟有多堅固、多高聳。

那天晚上，我聽見了306室房門開啟的歡快聲響。我的猜測是對的。她的信念淺薄得究如在光芒下能看見的鈔票上的人物，但誰能想到，光芒下映出的臉竟然是我。我聽見了敲門聲，收起愉快的表情，開了門。306室住戶滿臉恐懼地站在門口，沒有打招呼就進了屋，問我要怎麼做才能救她兒子。我回答說，我已經告訴過她了，放下一切離開。她的頭始終保持著低垂的角度。

「你必須好好地安撫那個因貧窮而死的自殺鬼。最難應付的就是自殺鬼。」

306室住戶將一個紙袋隨意放在門口，從厚度來看，如果是大面額紙鈔，那就是一筆鉅額。即便不是大面額紙鈔，那依然是一筆可觀的數字。而且能順道驅走煩人的聖歌與令我不快的聲音，更是額外收穫。

「如果被我丈夫發現，我就死定了。」

「當務之急是依附在你兒子身上的自殺鬼！你丈夫的事，以後再擔心吧。」

我神色凝重，用威嚴的表情與步伐，向306室住戶施以適當的力道，令她跪下，並將手放至她頭頂。

「就是這樣，就是這樣，你理當低頭。」

我喃喃自語了約莫五分鐘的神祕言語，雙手有節奏地移動。她的頭也隨著我的手擺動。好一陣子後，我加重力道，推了她一把。

「現在讓我看看那個鬼魂是否離去？」

我再次閉上眼，又補充了一句：

「冥頑不靈的傢伙！」

我從腹部深處吸氣，將力量集中到指尖，又一次用力推了她的頭。她跌倒在地。我看著老態龍鍾的她摔倒，呆呆地看著我，我差點忍不住笑出聲。我像往常一樣，擺出與靈魂搏鬥後的疲憊靈媒的姿態，用粗重的呼吸結束了儀式。

「現在可以了，快離開吧。再拖延下去，自殺鬼又會回來！」

她的身體在顫抖，但臉上露出了滿意的表情。看她疲憊的背影，有那麼點可憐。但如果我替她恢復了心靈的平靜，那麼我就是提供了有價值的服務。她笨重的身軀蹣跚地走著，實在太可憐了。等她匆忙離開後，我查看了那個厚實的信封。現在只需要再存一點錢，我就能重新開始。

我現在看不見鬼魂了。一方面是好事，但另一方面，這也使我的生計成了問題。我只能傾聽，不再看得見。我只是蒐集了306室住戶自己洩漏的資訊。306室住戶看似堅不可催的信仰卻如此輕易被動搖，由此可見，邪教利用那些內心本有漏洞的人，將信仰建立在錯誤的基礎上，因此更加脆弱，更容易被擊垮。

對待像306室住戶那樣的人，處理的方法就像是開大火快速烹飪一樣，不需要用中火或小火，也不需要花太多心思，只要嚇唬一下便已綽綽有餘。我該說她如白雪般純真嗎？不，邪教徒並不適合被比喻為白雪，她只是蠢而已。

我不過是以其人之道還治其人之身。為了賺回被假牧師騙去的錢，為了和母親一起生活，我不得不採用了相同手段。現實的重量遠比內疚的重量沉重。畢竟我也曾是受害者。像306室住戶那樣奇怪的邪教教徒受到報應，天經地義。我只是像306室住戶的兒子一樣，渴望爬到金字塔最頂層罷了。就是這樣。

我很清楚自己不可能親手殺人。不管多麼無能的刑警懷疑我，也無法改變這個事實。我不可能讓自己的手沾上血。這也是為什麼我無法烹調魚類，並喜歡烘焙遠勝料理的原因。

我只是在抱怨自己的困境，就像受傷的孩子在痛苦中呻吟。

我養一隻聽話的小狗有什麼錯嗎？相反地，他們理應感激我才對。當他們需要的時候，我在他們身邊，成了他們的朋友、家人，在他們身邊觀察並照顧他們。

那個人生活走下坡時，他的心也隨之崩潰，然後，當他的身體也開始衰敗時，我給他吃我吃的止痛藥。

酪胺。會引發頭痛的成分。新鮮牛奶中沒有這種成分，但當牛奶發酵時會釋放出酪胺，引發頭痛。紅酒中也含有大量酪胺。亞硝酸鹽，一種肉類防腐劑，富含於香腸、培根、醃肉和莎樂美腸中，它會引起太陽穴附近的緊縮型頭痛。如果仔細觀察，會發現許多食物都會引起頭痛。

那個男人喜歡吃起司配紅酒，是以他將冰箱塞滿了各式各樣的起司。他以為他的頭痛是紅酒所致，卻未曾意識到，紅酒和起司中含有相同的成分，那就是酪胺。此外，其他含有大量酪胺的食物，如熟透的香蕉、酪梨，以及富含亞硝酸鹽的香腸和培根，都直接地導致了他的頭痛。

他試過多種頭痛藥，對吡啶類頭痛藥產生了過敏反應，但他沒有把這件事告訴任何人。實際上，他並不需要為沒有告知過敏反應而感到內疚，因為血液測試或皮膚測試並沒有辦法發現當事者是否對非類固醇抗發炎藥（NSAIDS）過敏，唯一的診斷方法是通過口服激發測驗[3]，也就是再次食用，並觀察是否出現過敏症狀。我在相同實驗條件下，觀察了他是否發生頭痛症狀。我給他服用了頭痛藥，仔細觀察他的狀況，發現他再次出現相同的過敏反應。

在進行了各種實驗之後，最後的實戰日到來。我替那個只喝半瓶酒的男人準備了最後的晚餐。我去旅行之前，倒掉一瓶新酒的一半，將吡啶類頭痛藥溶入其中。

但我需要一個以防萬一的B計畫。我巧妙地說服了304室住戶，在牛奶裡加入了河魨內臟。

3 食用一定分量的食物，查看是否有過敏反應。是一種判斷人是否有特定食物過品的方式。

304室住戶喜愛魚類，要她殺死河魨、切開並曬乾河魨內臟，是個艱難的任務。但我說這是為了餵生病的男友吃東西的方式，我和她玩醫院家家酒，用魚玩偶進行了練習。老實說，和304室住戶一起玩醫院家家酒，相當有趣。我也曾夢想成為小兒科醫生，而304室住戶熱衷於扮演護理師。我們非常合拍。然而，身為社工師的我，放棄了自己最喜歡的醫生角色，心甘情願地扮演了病人。我也不忘讓304室住戶許下承諾——遵守醫生保密義務。

304室住戶一聽說河魨能治好生病的男友，便毫不猶豫地殺死河魨，拿出內臟。這一切都被閉路電視拍下，成為了證據。304室住戶手中可能還會拿著牛奶。這一切都是一個錯誤。304室住戶的過失殺人，就像房裡散落的許多魚玩偶一樣，304室住戶在拿真魚玩耍的時候犯下了愚蠢的錯誤，將其放入了牛奶裡。熱衷於解剖魚玩偶玩的304室住戶，當刑警詢問我時，我只需以遺憾的語氣說「我只是提到了我喜歡河魨料理，一切都是我的疏忽」即可。那只是一次愚蠢的意外。她為了自己喜歡的姐姐準備河魨料理的善行導致了悲劇。

我必須讓計畫變得更加天衣無縫。我事先加入了糖漿，掩蓋河魨的氣味，並且準備了各種起司與能引起頭痛的下酒菜。由於生意失敗帶來的壓力，加劇了他的痛苦，而酪胺與亞硝酸鹽是催化劑。此外，吡啶類頭痛藥成為了完美的終結者。

我結合了A計畫與B計畫，同時使用了非類固醇抗發炎藥與河魨劇毒。根據A計畫的成功與否，決定是否啟用B計畫是不入流的。只有一次性動用所有資源才能以壓倒性的機率和速度，實現我的目標。

警方雖將我列入調查對象，但我將永遠逍遙法外。疏忽不是犯罪。我設下了一個精妙的陷阱，而那個男人用自己的腳走進了我家，自己吃下了我放在陷阱上的起司。我沒有強迫他吃，一切完全是他自己的選擇，所以這不是自殺，顯然是因慢性病引起的死亡。我沒必要深陷於罪惡感之中。那個男人掉入了我精心設計的陷阱，我的實驗得以大功告成。我只是一個細心的觀察者。這就是全部。

那個男人自己用酒精慢慢地摧毀了自己的肝臟，同時服用安眠藥、興奮劑和假壯陽藥，這些是不爭的事實，但沒人強迫他那麼做，一切是他自願的。是他過度操勞了自己的身體，引火終自焚，一切都是他的責任。儘管如此，我沒料到他會死得這麼快，竟然因急性過敏反應導致的窒息而死去，而不是心臟病發作或肝臟中毒。他像被澆上了汽油般，燃燒的速度又猛烈又快速。我本應及時趕到醫院，進行最後的道別。必須那樣，才算是一個完美結局。誰能想到會是窒息而死。

我對304室住戶抱有歉意。我很遺憾我曾告訴她泡花瓣和莖能讓人變得更聰明與漂亮，而且可以消除疲勞。我深信她下輩子一定會投胎成為一個聰明又漂亮的護理師。然而，我告訴她「銀行可能會倒閉，最好把現金留在手邊」這句話可沒錯。銀行確實隨時都有可能倒閉。

我嚴肅地告訴她一些她難以承受的事情，好比銀行擠兌、經濟大蕭條等，她因此變得更害怕與更順從我。

無論如何，選擇權操之於己。怪別人充其量只是無能之人的自我安慰。

304室住戶已經不在了。她一定上了天堂。回想起來，我喜歡她那如孩童般的天真無邪。真誠、純潔、如小狗般的忠誠。我有時很想念她。比方說今天。

本地一個有影響力的贊助者宣布要請身心障礙福利中心員工吃飯，氣氛變得十分熱烈。回想起來，每年都有類似性質的聚餐。身心障礙福利中心主任非常清楚，一旦沉迷於權力就難以自拔。他總是迎合贊助者的喜好，在重要的選舉日臨近時，會分配理事職位給有影響力的人。那名贊助者有心涉足政壇，曾經的失敗經驗沒有阻止他的抱負，看來又想重返政壇了。現在拍照是為了不觸犯選舉法，提前做好準備。他說要請關心轄區殘疾人福祉的職員吃高檔料理。我喜歡肉多過魚，但我沒得選，因為這是根據贊助者的口味選擇的。

為了展現出白手起家的有錢人的慷慨，他包下了一整家有名的魚類料理專門餐廳。政治或魚，都不在我的關心範圍內，所以我毫不在意，只希望聚餐快點結束。當職員都到場後，他清了清嗓子，引起眾人注意後慢慢起身。原本鬧哄哄的員工逐一停下動作，很快地，所有人的視線與耳朵都轉向了那名年長的男性贊助者。他沉默了片刻以引起更多的關注，接著又清了幾次嗓子後，才嚴肅開口道：

「一隻河魨的毒素足以殺死三十多個人，但如果運用得當，它也能成為治療良藥。同樣地，金錢看似華麗的毒蘑菇，但它並不是毒藥。如果使用得當，它一樣能成為良方。」

「沒錯！」

在一名喜歡奉承的員工高聲附和之下，贊助者露出滿意神色。

「有些人批評我是地產暴發戶，那是因為嫉妒。自己得不到才那麼說。我是能將毒藥變成良藥的人。同樣的水，被蛇喝了就成為劇毒，被牛喝了則會成為牛奶，不是嗎？金錢也是如此。」

身心障礙福利中心的員工永遠記得，熱烈的掌聲與奉承能換來更闊氣的贊助，因此每到選季，總是團結一致，用齊聲讚美來換取他的贊助。我也用閃閃發亮的眼神望著他，拍手拍到手掌發痛。

他將自己擁有的金錢比作毒藥，將如河魨、蛇、色彩絢爛的蘑菇等有毒的東西比作金錢，巧妙地鼓動人心。他的聲音、姿態與神情，已經是一位強而有力的總統候選人。

懂得察言觀色的員工，為了討好地方上有影響力的人物，不合時宜地誇張微笑與奉承。其他員工也紛紛仿效，前仆後繼地拍著馬屁。福利中心員工們都很清楚這是換來鉅額贊助的有效手段。

「哈哈，董事長您真是無所不知，無所不曉。」

「不僅懂建築業，對各個領域都有深入了解。」

「董事長，您是什麼時候學這些的？請告訴我們您的祕訣吧。我們想跟您學習！」

四面八方都響起了對那名贊助者的讚美。他努力收斂即將氾濫的笑容，繼續說道：

「我身經百戰。要如何透過房地產致富呢？如果我像溫室的花朵一樣生活，今天我就不會站在這裡了。我之所以能站在這裡，是因為我一次次地被踐踏。被困在水族館裡，只吃飼主餵的食物的觀賞性河魨是沒有毒的，只有在波濤洶湧的大海中，經歷過驚濤駭浪的河魨，才有資格成為劇毒的主人。同樣的道理，資格是自己創造的。」

「太了不起了。」

「您說得對！」

所有員工的目光都集中在一處。這位對政壇抱有熱情的贊助者，一瞬間變成了擁有高支持率的總統候選人。他就像在廣場上對大眾進行演講一樣，激昂地繼續說：

「你們有人知道什麼是夾竹桃嗎？夾竹桃是一種花樹，被用於製造毒箭和毒藥。雖然這是誇大說法，不過它的毒性被認為是比氫化物高出六千倍。」

「我在新聞上看過！」

一名反應敏捷的科長迅速回答。

「夾竹桃也被作為藥材使用，在專家的指導下，少量服用時，會發揮良好藥效，但如果大量食用，身體是承受不住的。同樣，我憑藉我的豐富經驗，掌握了足以將毒藥變為良藥的訣竅。」

「董事長，那是什麼訣竅呢？」

「重要的是，投入的預算應該依照實際需求的多寡進行調整，要合理地使用預算。如果隨意煎煮後食用就有可能引發致命的後果，不是嗎？因此，我們應該消除這屆政府的福利民粹主義，將預算投資在企業上，替困難的國民創造就業機會。就像水從上流流至下流一樣，金錢也應按照自然法則，從頂層流到底層。」

「您說得對！」

「真令人驚訝。我與您的意見完全一致。」

哦，該死！我滿腦子都是髒話。為了讓其他人以為我醉了，我猛灌酒。比起烈酒，那名老頭子說的話讓我的臉泛起了一陣熱。

困擾我許久的問題，竟然從那個沙啞粗魯的老頭子口中得到了解答。看來那個老頭這些年沒白活。啊，原來水族箱裡的河魨是沒有毒的。啊，所以事情才會是那樣。

我應該更深入研究才對。

那一刻，我突然對304室住戶感到抱歉，我讓她經常跑進跑出替我餵小狗，真是白忙了一場。那麼，混進了河魨內臟的牛奶和野格利口酒可以看作是最後的禮物。

當我明白了為何沒有檢測出河魨毒素時，我感到有些失落。沒有經歷大自然的殘酷考驗就不能擁有劇毒。這個道理，在人類身上也適用。是啊，是人皆如此。

儘管如此，假如那個男人死於河魨毒素，那麼304室住戶會因為智力障礙而免於刑事處分，也不會死了。這種遺憾的心情是免不了的。他們兩個都像傻瓜一樣，引火自焚，化為了灰燼。

我雖然不太了解魚，不過夾竹桃方面，我是專家。那個老頭在鬼扯。我不清楚服用少量的夾竹桃是否能治療人，不過沒必要過量食用，將幼苗裡開出的花朵與莖拿去泡茶，對人類就已經是致命的。如果本來就是慢性病患者，即使食用少量也可能會死。

夾竹桃是溫帶植物，只需在溫暖的房間裡曬到一些太陽，就足以開花。它的生長週期可以透過陽光與溫度控制。那個老頭只是在轉述他在某處聽來的謠言，但我是憑藉實驗結果說話。在我看來，如果那老頭真進入政壇，絕對會成為自謀其利的政客。他那種人不應該參與政治。

我絕不會投給他。

享用完美味的河魨料理後，我為了處理剩下的文書工作，獨自回到辦公室。在回想３０４室住戶的同時，我不自覺地看了一眼這一區的殘疾人名單。我們每一季都會針對殘疾人重新調查並分類，而這是最新名單。我先尋找３０４室住戶的名字，她已經被刪除了。刪除一個人就像刀劃過去一樣俐落，真是個冷酷無情的社會。

我繼續查看名單，突然眼睛一亮。我看到了一個熟悉的地址。為什麼我之前沒注意到呢？躁鬱症。我曾經經手過許多精神疾病，而躁鬱症是我的拿手本領。我自己得過這種病，不，也許我現在依然是患者。不過，我將我的社交生活經營得有聲有色，沒有任何問題。沒有任何專家能比我更懂得應付這種病。

為什麼我現在才發現呢？我仔細查看後發現，那是我很熟悉的地方。這一戶的合約快到期了。我必須趕快行動。

我親眼、親耳查看過了。在過去的一年半時間裡，沒有任何人進出過。如果這個人不工作也能生活，他絕對是個有錢人。我必須加快腳步。

我很久沒有預熱烤箱了，終於重新開火。有些飯菜需要切配料、加熱，並整齊擺盤，但也有一些時候，必須在沒有煮熟的情況下，直接將生食材塞入喉嚨。例如，像現在這樣速度至上的時刻。

根據我的經驗，馴服人的最佳食物是甜食。那些急於舔舐利刃上的蜂蜜的傻瓜，眼中只見甜頭不見危險。我可是最了解這些蠢貨的專家。

那個男人的保險金，還有從304室住戶那裡得到的現金，只要再來一點錢，我就能開一家不錯的麵包店。我不能為了微薄的薪水而燒毀自己的使命感。我需要與我的努力相匹配的金錢。我要開一家不吝嗇使用優質原料的麵包店，看著那些吃著我做的麵包的人，露出幸福的表情。我也需要一個能安居的屋子。我已經夠努力生活了，我想上天會允許我這麼做。

我要揮別那些零付出卻成日抱怨福祉不夠優質的人。我不再是你們眼中那個親切的廚師了。我也不會再接那些吃免費食物卻打來抱怨不合口味，要求重做的電話。我想做讓自己快樂的事，看著因我而快樂的人們。這就夠了。

我也要去尋找我的幸福。首先，我要離開這令人生厭的地方，不過我還沒準備好我的退休金。

房東聯絡了我。306室阿姨搬走後似乎直接聯絡了他。他輕描淡寫地提起最近發生的幾起事件，說現在目前三樓空出了幾間房，很快就會有新房客入住，一切都會好起來，希望我能續約。我禮貌地回絕了，告訴他我正在物色另一地區的房子，不久後會搬家。

304室、305室和306室，也就是三樓右側的房間仍然空著。現在三樓只剩下我和301室與303室住戶。突然間少了一半的人，感覺空蕩蕩的。

傍晚，303室的房門開了。我聽見七、八聲腳步聲，接著是敲門聲。

叩、叩、叩、叩。

是誰呢?敲門聲聽起來很有禮貌，短暫的敲門聲結束後，響起了溫柔又熟悉的聲音。兩種聲音都很悅耳，就像老朋友和心愛的戀人一樣，我的眼眶不知不覺地盈滿淚水。

我高興地一個箭步衝到門口，飛快地開了門。我不捨得讓303室住戶在寒冷的走廊多待一秒。我驚訝的神情就像新生兒第一次聽見聲音一樣。

「您好，第一次問候您。我是住隔壁的……我不小心做了太多的杯子蛋糕。」

「啊，您好，這是我們第一次打招呼吧……」

她溫柔的表情與聲音比蛋糕還要甜美，美麗臉龐上的羞澀，任何人看到都會覺得可愛。她很快地收起了羞澀，露出了笑容。是嘴角揚起的溫暖笑容。她另一隻手上還拿著一張明信片。

「我在信箱裡找到這張明信片，所以拿過來了。」

我認出了明信片上自己的筆跡。

你現在感覺如何？

一年後看到這張明信片時，一定會露出微笑吧？

請像撫慰別人那樣，也撫慰你自己的心吧。

303室住戶甜蜜地向我走來。

301室

我聽見有人敲302室房門的聲音，接著又聽見了303室住戶的笑聲。我拿起了放在桌上的302室的明信片。

我反覆翻看著明信片，並將耳朵貼在門上傾聽。

寫給未來不再流淚與感到痛苦的我。
提前恭喜，
已經成功獨立自主的一年後的我。
給予讚美，
在死亡邊緣堅強生存下來的我。

我聽見了「您好，第一次問候您」的說話聲，於是，我也拿著明信片和巧克力，走向302室。

時間緊迫，不能猶豫。

絕不能錯過眼前的新鮮獵物。

叩、叩、叩、叩。

我敲了302室的門。第一次拜訪通常要敲四下。拜訪熟人，敲兩下；拜訪點頭之交，敲三下。

第一次拜訪時，敲四下，恰如其分。

302室

正當我請303室住戶進屋，關上門時，我又聽見了敲門聲。我一打開門，就看見301室住戶。她臉上是我從未見過的表情。

「怎麼了？有什麼事嗎？」

我詫異得連聲音都像在顫抖。

「啊，我上來的時候，有張明信片從信箱裡掉出來。」

這是我第一次看見301室住戶的笑容。301室和我打過招呼後，打量了一下我家，然後探頭和303室住戶打招呼。

「喔，您好？您住在303吧？」

303室隔著我向301室住戶打招呼。

我還沒請她進屋，301室住戶便自動自發地從門縫擠進來，她手裡拿著我寫給自己的明信片和一小片巧克力。起初，她盯著我的眼神讓我感到不快，但看見她帶著小禮物走進來，我的不悅瞬間煙消雲散，她變成了受歡迎的客人。

這是第一次有鄰居造訪我家，而且一次兩個。我太高興了。興奮之情，難以掩飾。我們住在同一個地區、同一棟大樓、同一層樓，這能讓人產生一種同志般的患難情誼。

我急忙跑到冰箱前，準備一些簡單的果汁，把她們帶來的杯子蛋糕和巧克力放在桌上。我們坐了下來，她們同時打量著我家。我為自己沒整理的凌亂房間感到難為情。但誰也沒料到會有客人造訪，這也沒辦法。房裡久違地有了另一個人的溫暖感覺令我欣喜。

「這是我們第一次這樣見面，是吧？」

303室住戶率先破冰。

「是啊，現在三樓只剩我們了。」

301室住戶接話。

三個女人聚在一起會聊的話題大同小異。不過我喜歡與人交談，所以聊什麼話題我都無所謂。簡單寒暄幾句之後，301室住戶向我提問：

「你最近好像遇到很多好事？」

「啊，我可能不久後會搬家。」

「是嗎？這幾天我經常聽到笑聲。你要搬去哪呢？」

「還不確定……我在考慮幾個地方，可能會搬到華廈去。不過可能需要借一些貸款。」

「這樣啊。能從這一區搬到華廈，說明你很努力地工作呢。恭喜你。」

我忍不住露出羞澀的微笑，道謝。

303室住戶聽著我們的對話，問道：

「誰在這棟大樓住得最久呢？是301室你嗎？」

「好像是吧。」

「你知道這個屋子以前住了誰嗎？」

303室住戶問了我，然而，301室住戶的表情有些僵硬。

「前任住戶？是誰？」

我急忙追問，心裡有些不安。

「我可以說嗎……」

301室住戶和303室住戶對視一眼，猶豫著。

「……為什麼這麼說？」

我輪流看了她們，催促問道。

「沒什麼，我見過她幾次，不熟。這個以後再說，我們年紀差不多，以後可以經常聚聚。畢竟回家了還是需要有人可以說說話的。」

３０１室住戶和我同時點了點頭，那種不舒服的感覺像魔法般瞬間消散。我開始問起了我一直好奇的私生活。

「我是設計師，你們是做什麼的？」

「我是社工師，在身心障礙福利中心工作。」

３０３室住戶回答後，３０１室住戶猶豫了一下，開口說道：

「我是靈媒。說是巫師可能更好理解一些。」

啊，這就是為什麼問我是不是很多好事，工作順利的原因嗎？我終於理解了３０１室這段時間對我投來的目光和說的話。我突然對自己的命運感到好奇。

「你也能幫我算命嗎？」

「天下沒有白吃的午餐……不過既然是鄰居，這次就免費幫你算吧。」

３０１室住戶閉上眼睛，片刻沒有動作。過了一陣子，她的身體突然顫抖起來，眼睛睜大，這讓我有些驚奇又有些害怕。

「你在這裡累積了不少財富，未來的工作也會一帆風順，不過，你要注意調節體力和情緒能量。」

「哇，很準耶。最近我的心情就像雲霄飛車一樣，一天之內變化無常。」

旁邊的３０３室也好奇問道：

「你真的看得見未來嗎？能不能也幫我看看？」

301室住戶再次閉上眼睛，過了一陣子，身體顫抖著開了口：

「你今年最好要小心一點。」

「為什麼？為什麼這麼說？」

「嗯……不是我說的，這只是神明的指示。多加小心總沒有壞處，不要太在意，注意安全就行了。」

303室哼了一聲，努力保持高傲的表情，但嘴角不自然地朝一邊上揚。那是嘲笑的神情。我希望301室住戶沒有看見。

「我不怎麼相信這些。沒關係。算命不就是隨便說些話拼湊罷了，又沒科學根據。眼見為憑。不過我還是會小心的，謝謝你。」

「科學也是哲學的分支，你能用一句話來定義哲學嗎？」

「哲學和巫師有什麼關係？如果你能預知未來，為什麼還住在這種地方？你可以搬到更好、更貴的地方去，不是嗎？如果好奇未來，我覺得看未來學者寫的書更好。」

303室住戶尖銳回答的同時，露出了嘲諷的笑容。

「你說得沒錯。我所說的不是社會或科技變革，而是個人的未來，比如人的命運、運勢等。」

「人的命運不是無法預測的嗎？命運真的能預見嗎？你不是用曖昧不清的話來迷惑人心的嗎？」

「往壞的方面看，我介於人類與鬼魂的邊界；往好的方面看，我是連結人類與鬼魂的橋梁。我接觸兩個世界，但不完全屬於任何一邊。所以你說我是曖昧不清的，並沒有錯。不管我接觸的是人還是鬼，那都不重要。重要的是，我處於中間。事物不是簡單的二分法，並不能簡單地劃分成善與惡、光與暗、物質與精神、生物與無生物。在模糊之中尋找清晰，是每個人的責任。有人找得到，也有人找不到。」

「你果然還是說得很含糊。」

兩人之間流動著微妙的氣氛，我急忙轉換話題。

「我的租約不久後就到期了，有點開心又有點感傷。要是我們早點成為朋友就好了，有點遺憾。」

「你能這麼快離開這個地方，代表你成功了，我們應該要恭喜你。要是像306室住戶一樣變成這裡的地縛靈，最後就會老死在這裡了。」

301室說道。

「這麼說來，我很高興不用再見到306室住戶。她真的又吵又煩。誰能想到她這麼快就搬走了。我有一次聽到她在走廊裡說我壞話，我差點衝出去跟她理論。」

「別提那個女人了。一想到她就煩。不過，鬼不會告訴你怎麼致富嗎？」

303室像在追問301室一樣，語氣尖銳，彷彿試圖引起第二輪爭執。但隨之而來的是意外的答案。

「當然有。」

301室住戶表情嚴肅地說。

「鬼也喜歡錢。錢經過許多人的手，已經磨損了，但我能從中讀出那些人的痕跡。如今，錢只是一個數字，它已不再像錢。」

我不得不同意這個觀點。

「錢會被用於犯罪，也被用於學費、醫療費。錢背後有故事，物理的汙垢和靈魂的汙垢共存，所以人們才說錢最骯髒。但我喜歡看那些故事，所以我大多保存現鈔。」

「是啊，拿著鈔票才算拿著錢。」

303室住戶出乎意料地表達出共鳴。

「我從不信任銀行，所以算命時，我也只收現金。因為鈔票上也會附著鬼魂……」

303室住戶重複了301室的話，反覆咀嚼。

「最終，錢鬼會招來更多的錢吧。」

301室住戶和303室住戶最初的爭執似乎已經平息，她們互相理解彼此，並繼續對話。

「如果你給鬼魂看錢，鬼魂就會想要更多。這和人類的習性相似。畢竟鬼魂也曾經是人。」

「那要怎樣才能變有錢呢？」

我出於好奇，突然插入了她們的對話。301室住戶沒有回答，而是起身，回到了自己的房間。為什麼要這樣？還沒等我思考完，301室住戶手裡拿著一個厚厚的紙袋回來。她得意洋洋地打開袋子。我和303室住戶都看傻了。這是我第一次看到那麼多現金。就算不吃不喝不消費，我至少要工作五年才能賺到那些錢。

「你到底是怎麼存下這麼多錢的？有這麼多錢，你早就可以搬到其他地方了吧？」

301室解釋了致富儀式。她特有的冷靜語氣和陰鬱氣氛讓我不由自主地被吸引。再加上眼前的鈔票，我不得不信服。

「無論是股票、房地產還是虛擬貨幣，最終都必須兌現成現金，才能體現其真正價值。否則，它們就只是紙、混凝土、數字。」

「確實如此。」

我和303室住戶像著了迷似的，只是點頭聽著301室的話。

「你們看到搬離這裡、靠著錢改變生活的人，不覺得羨慕嗎？我在這裡也掙了不少錢，這些只是一部分而已。但你們知道我為什麼不離開這裡嗎？因為這裡有太多受苦的靈魂。」

303室住戶眼神發亮地問：

「那個儀式真的有效嗎？」

「如果你好奇的話，不如明天試試怎麼樣？」

301室住戶微笑回答，好像早就等著這個問題似的。

「那明天準備些食物和酒吧。不但能安撫鬼魂，我們也能邊進行儀式邊享用。」

聚會結束後，301室和303室傳來了哼唱聲。也許她們因為交到了朋友而感到開心吧。我聽著兩邊傳來的輕快旋律，我也加入了和聲。雖然她們可能不知道，但當我加入和聲時，我們一同創造出了無比美妙的樂章。我開心得想放聲大哭。我想起了和哥哥一家人最後一次的幸福旅行。

我想不起來自己有多久沒和年紀相仿的女性交談，於是不停地回味我們的對話，輾轉反側，直到天亮才睡著。

第二天，我從銀行領了好幾張五萬元鈔票。想到我已經存了不少錢就感到自豪。陽光格外溫暖。儘管我總是看著同樣的陽光，但我突然浮現了這個想法：陽光怎會如此美麗？301室和303室住戶也在享受這股陽光嗎？僅僅因為我們都沐浴在相同的陽光下，我就強烈地感覺我們是團結一心的。

為了舉辦一場盛大的派對，我準備了美味的肉類、美酒與鮮甜的水果，還吹了彩色氣球，把它們貼在屋子的各個角落，並在狹小的房裡搭了一個印第安帳篷。佈置房間，用心準備茶水點心，邀請朋友到家裡，是我最近最快樂的事，也滿足了我所有的願望。

叩、叩。

叩、叩。

隨著夜幕降臨，301室住戶和303室住戶帶著更溫暖的笑容到來。她們手中各自拿了一個裝滿鈔票的厚信封袋，一手拿著葡萄酒和保溫杯。我一看就知道信封袋裡裝有鉅款，全部加起來，我可能要工作十年才賺得到。我們就像成功女性般開始了派對。離開這個破舊的地方對我們來說就是成功。

「我們都為自己的新開始打下了基礎。」

「我們努力生活，就是為了有朝一日離開這裡。」

「我們不能就此滿足。必須讓鬼魂更加貪婪。」

３０１室嚴肅地說，彷彿在催促。

「進行這個儀式，鬼魂會替我們賺更多的錢，對吧？」

「鬼魂嚐到金錢的滋味後就會無法自拔。有錢雖然會帶來災禍，但沒有錢的災難更大。」

儘管我害怕被鬼魂纏身，但擺脫目前的境況更為緊迫。世界上沒有比貧窮更可怕的了。我渴望擺脫租房人生，擁有一個穩定的家。

看著眼前的錢，我更加信任３０１室住戶了。３０１室住戶開始把鈔票堆在一起，進行儀式。她獨自喃喃自語著，隨後做出了一些奇異的動作。不像舞蹈，也不像醉酒或著魔的動作，而是一種詭異的行徑。接著，她發出如同獅子般的粗重呼吸聲。這齣彷彿被附身的獨角戲，她的每一個小動作都讓我著迷。

約莫十幾分鐘後，３０１室住戶陷入了恍惚狀態。這個儀式看似怪異，但相對來說，很快就結束了。

「鬼魂現在已經附上去了，它們渴望更多的錢，就像醉漢想要更多的酒一樣。鬼魂一旦上癮就無法擺脫。」

３０１室住戶語速緩慢，顯得十分疲憊。

「那我們現在結束了嗎？」

「鬼魂聞到了錢味，會吸引更多的錢進入這個屋子。所以我們要認真賺錢，沉浸在錢味中的鬼魂會幫我們吸引更多的財富。我們已經喚醒了那些生前貧窮，死後對金錢懷有怨念的鬼魂。」

「聽起來有點可怕。」

「呵呵，貧窮更可怕。有錢人身邊通常都有這種鬼魂。」

301室住戶信心滿滿，好像她已經成為有錢人一樣。我們誰也沒有動那些錢，就像約好了一樣，完全忽視掉它們。我就像是懺悔般，遲疑地開口：

「我明天能把銀行裡所有的錢都提出來嗎？」

301室住戶只是點了點頭，大發慈悲般地說道：

「第二波通常比第一波更大，明天我們會吸引更多的鬼魂，所以請準備更多美味的食物。」

303室住戶把自己帶來的保溫杯放到桌上，301室則放下了自己備來的酒。

「保溫杯裡是什麼？咖啡嗎？」

「茶。粉紅色的花茶。是用我自己種的花泡的。顏色很漂亮，我覺得很適合今天的聚會。」

303室回答。

我們舉行了一個小型慶祝派對，我特別準備的牛排足以營造出溫馨愉快的氛圍。

「這樣一起喝酒真是太好了。」

我真的感覺自己要成為有錢人了，還交了兩個朋友，我很滿足。

「我替大家倒個馬利寶[4]怎樣？」

「今天喝嗎？明天喝怎樣？」

303室住戶微醺著說。

「喝雞尾酒配肉多好，馬利寶混柳橙汁，像飲料一樣，很好喝。我有時睡不著的時候會喝。」

「那就來一點吧。」

「我們要不要在帳篷裡吃？感覺會很溫馨。」

「像去露營一樣，非常棒，能關掉日光燈，開那邊那盞昏黃的燈嗎？」

我們在印第安帳篷裡擺上小桌子，並點亮了燈。桌上擺滿了烹飪得恰到好處的肉。一頓豐盛的晚餐就此完成。我們三個坐在一起，兒時回憶湧了上來。

「好久沒有這種感覺了，就像回到了少女時期。」

我們邊喝馬利寶邊聊天，從輕鬆的話題開始，喝了一杯酒後轉向了異性話題。

4　一種利口酒。

「現在終於可以說了。我很羨慕你居然同時和兩個男人交往。」

我問了303室一直以來好奇的問題。

「什麼兩個男人？我只有一個男友。」

303室住戶疑惑回答。

「不是兩個嗎？我記得是兩個……」

「我只有一個男朋友。」

「真奇怪……我一直以為你有兩個男友。」

「為什麼會那麼想？我看起來那麼輕浮嗎？」

「我不是那個意思。是因為做愛風格不一樣，聽起來像是兩個不同的男人。」

「什麼？」

「其實，我在隔壁都聽見了。一個男人很粗魯，另一個很溫柔，親吻也很久……」

303室住戶鼓掌大笑。

「啊，是同一個男人。做愛方式取決於我們的心情，每次都不一樣，有時會很激烈，有時不是。如果每次都是同樣的模式，那還有什麼樂趣？不過，你們都聽見了嗎？我突然覺得很不好意思。」

「沒什麼啦，這是很正常的。我以為是不同的男人呢。所以每次聽到很響亮的腳步聲都會很擔心，有一次聲音太大，我差點要報警。」

「這樣啊。你誤會了。你真的都聽見了？」

303室一臉尷尬。

「我有一任前男友也是這樣的，很黏人，一天要打五十通以上的電話。」

雖然是痛苦的往事，但我覺得我現在能說出口了。

「哎……後來怎樣了？」

「因為分不了手，就一直交往下去。但有一天他提議去旅行，說是最後一次。」

「然後呢？」

「他說如果我不去，他就會在我面前自殺，我沒辦法，就跟他一起去了。不過在那裡發生了事故。」

301室住戶和303室住戶同時嘆氣。

「幹嘛聊一個已經去世的男人。」

「不，他沒死，受傷而已。」

「唉呦，今天這種好日子，我們聊些開心的吧。不過，為什麼你什麼話都不說？」

「我沒交過男朋友。」

我和303室住戶笑了出來。

「如果我是男人，我一定會想辦法聯絡你。」

「騙人的吧，你看起來有很多男人追。」

３０１室住戶揮手否認，她說這一帶有很多男性鬼魂，她為了吸引他們才保持單身。她補充說，這也算是她針對男性客戶的一種行銷策略。我們同時大笑。

美酒、好肉，和愉快的氣氛完美地融合了，創造出快樂的時光。當氣氛逐漸變得熱烈，我終於提出了一直以來好奇的問題。

「不過，昨天說到的住在這裡的前房客是誰？我一直在想這個問題，太好奇了，都睡不著。」

３０１室住戶和３０３室住戶露出了尷尬的表情，３０１室住戶猶豫了一下說道：

「你們知道我為什麼要你們把錢拿來這裡嗎？這和那個有關。」

「怎麼說……？」

「其實，這裡的前房客是因為生活艱困，自殺了。警方說她銀行帳戶裡根本沒有錢，不知道是生意失敗還是生活太揮霍。」

那一瞬間，一陣刺痛的恐懼感襲捲了我全身，想到自己住在一個自殺者住過的屋子裡，我張大嘴，半天說不出話。

「我是為了安撫那個鬼魂才這麼做，不過，你的工作很順利，而且很快就要搬走了。我認為你反倒應該感謝那個鬼魂。」

醉意與詫異感同時襲來，我突然後悔自己草率地租下這個廉價房屋。前房客竟然自殺了。

「是因為你的租約快到期了，我才告訴你的。你的工作順利，又能搬家，這要歸功這屋裡的鬼魂。」

我無言以對，氣歸氣，但我不想破壞氣氛。我偶爾會做的惡夢也與那位自殺前房客有關嗎？看來短時間內我會很難熟睡。房東不可能不知情，再說了，隔壁鄰居不也有告訴下一任房客這件事的義務嗎？我有點不高興，過陣子我一定要追問才行。但現在面對久違的訪客，我不能表露出不快。主人就是要讓客人賓至如歸。

「這裡前房客不是和301你很熟嗎？」

303室住戶突然問。

「我幫她算過命，偶爾會聯絡。但誰能想到會發生那樣的事呢？從那之後，我就不太願意和別人親近了。不過303你不是也和304室住戶很熟嗎？」

「我也有段時間很不好過。我現在還會想起她，她真的是個很好的朋友⋯⋯」

「是啊，304真的太可憐了。真希望三樓的房間都快點租出去，到時候我們也能像這樣經常見面。」

沉重和悲傷的話題比快樂、有趣的話題更助長酒興。我們繼續分享著憂鬱又陰鬱的故事，而這樣的夜晚反而更讓人感到慰藉。也許治癒失眠的不是藥物，而是人與人之間的連結。我們的對話、我們的酒精，以及我們的晚餐融化了不眠的夜晚。隨著時間過去，301室住戶和303室住戶逐漸醉意朦朧，露出了昏昏欲睡的表情。

「如果你們睏了，可以在這裡過夜。」

她們幾乎支撐不住身體，醉醺醺地蜷縮在帳篷裡說「那就只過一夜吧」。很快地，她們沉沉睡去。

我坐在沙發上，沉浸在搬家的幻想中。我看著我結交的新朋友，突然很想念哥哥一家人。

在這個寂靜的深夜，我將窗戶大開，讓外面的炎熱氣息消散。遠處傳來的警笛聲無比親切，可能是某處發生了事故，或許有人受了傷。警笛聲就像這個充滿戲劇性的社區的主旋律，聲音時而遠離，時而接近，創造出都市的氛圍。將來若我突然想起這個社區，大概是因為這個警笛聲吧。

雖然月亮被牆壁遮擋而看不見，不過月光依然柔和。也許是因為這座城市中的霓虹燈讓人眼花撩亂。儘管只能看見其他大樓的牆壁，我仍舊靠在窗邊，凝視著窗外，沉浸在自己的思緒中，夢想著搬到能看見月亮的地方。

我從冷清的窗戶邊轉身，目光落在散亂的鈔票堆與印第安帳篷上。鈔票堆隱約呈現出的錐形，與帳篷的輪廓相映成趣。我觀察著這些微不足道的細節，檢視著那些無關緊要的圖案，沉浸於無意義的細節中。將注意力集中在這些瑣碎事務上，是我做大事之前訓練思維的方式。

涼爽的夜風讓我的身體不由自主地瑟縮。這個漫長的夜晚，我徹底失眠了。我好奇地探望帳篷內的情況，於是輕輕地掀起一角。裡面的兩個人都臉朝下趴睡著。不過她們的睡姿顯得奇特，似乎沒有呼吸的起伏。我迅速掀起帳篷，試圖搖醒她們。我翻過她們有些僵硬的身體，仔細檢查，嘴裡竟然有泡沫，還有混合著糞便與尿液的刺鼻氣味。

在那一刻，我被恐懼徹底吞噬，身體僵硬無法動彈，恐懼壓抑著我的聲音，只有眼珠子在恐慌中無助地晃動。我踉蹌地踏出帳篷，赤著腳，搖搖晃晃地奔向一樓大門。地面似乎在我腳下劇烈地震動，使我難以保持平衡。我的雙手顫抖不已，撥通了112，隨即我迅速意識到應該撥打119。在電話鈴聲響起之前急忙掛斷，重新撥通了119。話語在我嘴邊打轉，我只能發出沉重的氣息。

消防員透過電話安慰我，問我發生了什麼事。我總算稍微平復了呼吸，結巴地說出家裡有人倒下了。消防員回應說知道了，會通知警察，要我稍等片刻。在等待的過程中，暈眩感襲來，我吞下幾片藥。不知道是安慰劑效應還是藥物真的迅速發揮了作用，我的意識開始變得模糊。

當冰冷地板傳來的寒意逐漸喚回我的意識時，醒來的我發現自己仍舊穿著單薄的衣服，全身不由自主地發抖，等待警察和119急救隊的到來。不到三分鐘，他們就到了，周圍變得喧囂，顯然，附近的人被警笛聲吵醒，好奇地湊到了窗戶前。我在這一區住了近兩年，這些面孔對我仍舊是陌生的。這些人是我的鄰居。他們臉上的表情與其說是驚訝，不如說是好奇。他們似乎將這突如其來的警笛聲視為某種娛樂或表演，眼神中閃爍著好奇的光芒。

在警察與急救隊員的陪伴下，我再次踏入家門。在經過信箱時，我注意到302室的信箱裡多了一張明信片。

究竟寄了多少張？憤怒突然襲來。

哥哥一家人去天堂已經一年了。

男朋友也已經昏迷一年。

我好想他們。

雖然我想殺死那個讓我痛苦的女人，但太難了。

僅僅因為名字相同，並不代表那就是我。

如果只看一張明信片，會感到心痛；看兩三張，便覺得寫的人太過感性；看完全部，會覺得似乎一個人似乎有多個人的靈魂。我覺得自己寄了太多明信片，心想該戒酒了，匆忙將明信片揉成一團塞入口袋。

我的注意力被明信片吸引，以致於話說得不清不楚，「302室……」警方和急救隊員聽不懂我說的話，催促著我，我跌跌撞撞地帶路，腳步聲在樓梯間迴盪，就像快速、有力又充滿激情的古典樂一樣。從走廊窗外透進的紅藍色警燈與這一切交織在一起，讓我不知不覺地隨著節奏搖擺。在安眠藥的影響下，我突然為自己的舞姿感到羞恥，蹣跚地繼續上樓。

在302室的錢現在都歸我所有。反正鈔票本來就沒寫名字，我已經把它們都放到我的行李箱裡，所以那是我的錢。男朋友的保險金也是我的。我已經等了兩年，沒有道理延長等待。對警察來說，他們只需要處理帳篷裡因一氧化碳中毒而不幸身亡的兩具遺體。在等待警察期間，安眠藥緩緩發揮作用，無法抵抗的睡意湧上，我的意識逐漸變得朦朧。一切紛擾似乎都煙消雲散，我只想舒服地躺在溫暖的床上。臨終關懷做得夠到位了，我讓我的朋友們沒有痛苦地離開這世上。

帳篷裡發現的兩名女性，疑似一氧化碳中毒而身亡。

兩名女性在帳篷裡點燃了露營用的火爐後不經意睡著，被發現時已經死亡。倖存的第三人及時被救出，現在正在接受治療。警方根據國立科學調查研究所的鑑定，確認死者血液中的一氧化碳濃度高達75％，遠超40％的致死量。

這三名女性是同一棟大樓的鄰居。她們在屋裡搭帳篷，享受露營氛圍，推測她們點燃露營用火爐後喝了酒熟睡。警方表示，由於這三人平時並未表現出自殺傾向，因此初步研判這是疏忽導致的意外。警方正在進行進一步的調查，以確定事故的具體原因。

據了解，A女性自責自己未能及時發現朋友昏迷，陷入極度哀傷，失去了進食的意願。這一消息令人格外心痛。警方表示，他們正計畫替A女性提供專業心理治療，幫助她度過這個艱難時期。

在這起悲劇發生之際，C大學消防與災害管理系的一名教授發表了看法：「在帳篷等封閉空間內使用炭火或打開暖氣設備入睡，而導致一氧化碳中毒的事故，每年都在發生。人們必須充分了解相關安全規則，或者政府應該其納入強制教育課程。」

此外，去年因一氧化碳中毒而導致死亡的案件高達兩百七十起，我們應予以更高度的警覺。

刑警安撫驚慌失措的我，告訴我由於我遭受了嚴重的心理打擊，他們會協助我聯絡政府開設的心理治療中心。面對他們所有的問題，我唯一能做的是機械般地回答「是」。

刑警比我想像得更熱情與友善，所有的公共系統都有條不紊地運作，幫助我從創傷中恢復。我成了失去朋友的受害者，也是幸運的倖存者。

「這到底怎麼回事？光是這棟大樓就死了不少人，特別是三樓。這已經是我第三次來這裡了。同事們都說，這棟大樓有很多冤魂，都是以前被炸彈轟炸死的，或者因不幸事故死去的。」

「是的……」

刑警每說一句話，我內心都不由自主地竊笑。刑警竟然說出了算命師才會說的話，真是可笑。這種固執己見，怎麼也找不出答案的刑警，讓我差點破功失笑。我不得不強迫自己回想一些悲傷的事，只有想起哥哥一家人和前男友，我才能勉強忍住笑意。

「啊……原來如此……」

「無論如何，這也算是不幸中的大幸。幸好您沒有受傷。」

「謝謝……我也很害怕，打算搬家。」

「您找到新家了嗎？」

「是的……我打算搬遠一點。」

「這是個好主意，留在這裡只會想一些不好的回憶。為了精神健康，搬家是明智的決定。」

刑警盡力安慰我，我表示我明白，並假裝勉為其難地接受了他們的幫助。一想到能和心理諮詢師長期交流，我心中不禁升起一絲喜悅。對於一直生活在缺乏與人溝通的機會的我來說，這是一份大禮。儘管不會有人像303室男友去世時的搜查官一樣諒解我。當時那位搜查官真心地傾聽了我的字字句句。

現在，我成了三樓唯一的房客。刑警有意安排我搬去與警方有往來的飯店住，並接受心理治療。這是一個旨在幫助我從事故造成的心理創傷中恢復的項目，儘管名稱是「飯店」，但我很清楚，那不過是一間經常招待團體遊客的簡陋青年旅館。不過我表示，我會等兩位朋友的葬禮結束再過去。

兩位朋友的葬禮同時舉行。如果是那種人山人海的葬禮，我可能不會注意到有哪些人參與。然而，這裡更像是一個學生不多的偏遠學校，而我站在教師的位置，能清楚地觀察到每位弔喪客人的行動。記者們貌似找不到值得報導的內容，來來去去，最後空手而歸。303室住戶的身心障礙福利中心同事們、幾名看起來像301室住戶的老客戶也來參加葬禮。儘管房東極力表現得體，看似想撫慰糾纏這棟大樓的鬼魂，但臉色卻掩不住地陰沉，大概是因為這棟大樓陸續發生的命案，造成了他資產的損失。306室住戶的出現大抵也出於類似原因。儘管她並非主持葬禮的最佳人選，不過手捧聖經，穿著一條咖啡色中長裙的她，有著完美的勸士形象。

「天啊！我聽警察那裡聽說了整件事。我會為你祈禱的。」

306室住戶緊緊握住我的雙手，閉上眼睛開始祈禱。我被她平靜的聲音所吸引，我也闔上了眼睛。這是身為一個傷心的人該有的模樣。這是我第一次翻開聖經進行禱告，儘管不多，可能如米粒般微小，但畢竟我還保留著一抹良知。我不知道身為巫師和無神論者的那兩位朋友，會如何接受306室住戶舉行的葬禮儀式。

儘管有兩人離世，葬禮現場卻空無一人，甚至比一個人的葬禮更簡短，就像個「速食葬禮」。我守靈到最後一刻。

301室住戶的家人始終沒有出現，而303室住戶的家人直到葬禮尾聲才露面，甚至到來的目的是為了討論如何分配303室住戶為數不多的遺產。果然，家人是不必要的東西。

我完成了為期十天的創傷後壓力症候群治療項目，正在回家的路上。305室躲在街角，正準備擺攤。我本想打招呼，又想起了這一帶的規則——無需刻意親近，更無需和鄰居交朋友。我以為她是因為付不出房租被趕出去，但看到她在周圍徘徊，總感到不安。不過，我也佩服她為求生存，不顧一切。

我踏入三樓走廊時，情況顯得有些奇怪。我聽見年輕女孩們的笑聲。難道是房東施展了高超的手段，降租吸引了新房客？那清脆的笑聲聽起來讓人愉悅，她們知道這裡發生過什麼事嗎？我希望她們能永遠像現在一樣幸福。

哎呀，我不應該僅憑笑聲就斷言她們很幸福。如果不保持警惕，我自己也可能被他人所騙。笑裡藏刀的人不在少數。這些歡笑中，也許正藏著一把鋒利的刀刃。

了解一個人就如同讓一個孩子解讀一張複雜的圖紙，很多時候，理解層次僅止於表面。我們不能僅憑一兩件事就做出判斷，就像不應該僅看到一片玻璃碎片就想像出整個玻璃杯的模樣。

只有看見原始的、未經修飾的全部，才能真正地了解一個人。無論是好是壞，如果看不見全貌就不應該輕易下定論。自以為明白了真相可能會招致嚴重的後果。當你觸及某人的真面目時，通常對方會先露出憤怒的面孔，而非善良的模樣。

我必須不斷地提醒自己保持清醒，否則，下一個受害者或許會是我。

當我想起哥哥一家，我的眼淚仍然會不由自主地流下。今天尤其想念他們，好想和哥哥一家共進一頓豐盛的晚餐。菜色會是什麼呢？

不過，現在考慮這一切都變得毫無意義。畢竟哥哥一家只有在需要我的時候才會來找我。更明確的是，吸引獵物最佳方式是用肉。以肉引肉。肉和煤氣幫我解決前男友問題，以及擺脫只會利用我的哥哥一家。猶豫就等著輸吧。必須一口咬住喉嚨，讓獵物一舉斷氣，拖延與猶豫的瞬間，我就會變成獵物。

彷彿用力拉開華麗舞台的帷幕一樣，我拉開了３０２室的房門。感覺像是走進另一個世界，實則是同樣的房子與氣味。一切如舊。我感激那些不知道是警察還是急救隊員的人，替我打掃了房子。如果這裡是飯店，我甚至願意留下小費。

我大膽地放棄了已經提前支付的房租，開始整理行李。我只需要衣服和筆電。一輛計程車就能搬完的量，用不著卡車。我打算告訴房東，我會去旅行三個月，如果說是搬家，他一定會找新房客。我想留下一份禮物給３０２室前房客。鬼魂說不定也需要自己的空間？想到可能是三個鬼魂共處一室，我不禁笑出了聲。

今日，窗外傳來的喧鬧聲聽起來分外悅耳，彷彿提醒著我，我仍是這個世界的一分子。這些聲音成為了我從孤立無援中獲得救贖的生命線。

天氣異常晴朗，窗外灑入的淡淡陽光，在地板上繪製出分外迷人的圖案，不同於往常，充滿了活力與生機。近乎神聖的陽光將指引我前往新的地方。

儘管我每天都待在家裡，我也從未見過如此美景。在這樣陽光明媚，我的心變得平靜的日子裡，哥哥一家造訪了。他們就像忽明忽暗，壞掉的日光燈一樣，時而出現又消失。這令我感到不適。在我變得脆弱之前，我必須斷絕與哥哥的聯絡。他們不過是企圖利用我的掠奪者。

我所愛過的一切，無論是人還是其他，都在所謂愛的名義下給予我傷害。我信的不是愛，而是忠於當下。依賴我的直覺，於時間的流轉中航行，逐波航行才是最佳生存之道，若試圖強行迴避，或使船的側面撞上波浪，最終就會導致傾覆。

我打算搬家後先剪掉長髮，並積極治療我的躁鬱症及妄想症。我已經延遲治療了好一陣子。看來藥物療法對我最有效。前段時間，我鼓起勇氣去了精神科，醫生說我的情況足以申請殘疾人登記，我真是個可憐蟲。我完成了最低等級的殘疾人登記，因為這能讓我獲得多種福利，要是有個萬一，我也不會被懲處，而會被送去治療。這可是免費的終生保險。

我收拾好行李，站在門口，最後一次環視302室內部。我陷入了回憶。再見了。我帶著行李準備離開時，恰好有電梯停在三樓。今天不知為何感覺特別棒。當電梯門關閉時，我從縫隙之間再次道別。現在真的再見了。

一樓302室的信箱又插了一張明信片。

到底寄了多少張啊？我立刻把它揉成一團塞進口袋。

我是一名受到認可的設計師，也是叢林中的倖存者。更重要的是，我是成功抵禦侵略，保衛自己領地的勝利者。通過無數次的意象訓練，我已在實際戰鬥中變得堅不可催。我揉掉恥辱的過往，將其塞入口袋，再推開那破舊的帷幕，昂首闊步地穿過一樓的凱旋門。那裡曾是一座監獄，如今已成被鮮花妝點的低矮柵欄。我推著如同戰利品般的巨大行李箱，向前邁進。我感受著兩個行李箱與一個裝滿錢的背包的重量，沉甸甸得令人愉悅。在這個一切都美好又幸福洋溢的日子裡，我很幸運地在大樓門口攔到了一輛計程車。這是完美的一天。

親切的司機幫我把行李裝進了後車廂。那個看起來很和藹的司機大叔嚼著口香糖的聲音、狡猾的笑容和無趣的笑話都讓我愉悅，絲毫沒有不快。計程車裡未清理的雜亂也未能讓我煩躁，司機大叔遞過來的神祕巧克力嚐起來也特別美味。計程車緩緩地發動。

「司機先生，等一下！不好意思，能暫停一下嗎？您可以下車抽個菸，錶照跳沒關係。」

「當然沒問題，哈哈。」

「謝謝。」

在我即將告別這地方之際，我看見305室住戶街角的飾品攤。沉浸在勝利的喜悅中的我，想替自己與這一區之間的最後一絲情感畫下句號。今天，305室住戶是我關注的焦點。我輕輕搖下車窗，靜靜地注視著她。她身上的深色刺青與穿孔讓我感到不適，就像戴上了喧鬧的面具。通常那些內心軟弱又膽小的生物，更傾向於讓自己看起來強大與深具威脅性的裝扮。就像小型犬吠得更凶一樣。

我看見她微笑著向客人介紹商品，沒來由地感覺同情與可笑。她為何要那樣生活？回想起來，她總是對306室住戶的粗魯言行報以笑容，而不是挑釁。她為了在這個嚴酷的世界中生存而選擇了凶惡的外表，但這只不過證明了她內心有多脆弱。我還記得她送304室住戶玩偶時，304室住戶說玩偶太漂亮了。那些沒用的玩偶……

表面看似堅強自信，內心卻是柔軟並易受傷。這種脆弱的良心與罪惡感只會加速心靈的腐敗與軟弱，只有超越這一切才能成為真正的勝利者。如果一直被良心束縛，將永遠原地停留。

她或許永遠無法離開這一區，她終將淪為另一個306住戶。如果被忽視，她將像腐爛的水果一樣，被壓扁在地上，許久之後才被他人發現。這樣想來，她的處境也甚是淒涼。

真正的勝利者會隱藏尖牙利爪，直到決定性的瞬間才會顯露。潛伏，但永不暴露。那些輕易暴露自己的人是在恐懼中掙扎的人，終將成為獵物。這是大自然的規則。縱使是華麗裝扮，趾高氣昂的公雞，到頭來也會成為盤中飧。

我最後看了一眼三樓唯一的鄰居，305，心中進行著與這一區的短暫告別儀式。我是這場戰鬥的贏家。

「我們可以出發了。」

「看來您今天遇到了好事吧？」

「天氣太好了，我正在搬家。」

「喔，恭喜。一個人搬家行李少，很方便。」

「沒錯，兩個行李箱就夠了。」

平時我不怎麼回答計程車司機無聊的問題，但今天我心情愉快，一一回應。

「要是我兒子也能像小姐您一樣就好了。他現在還賴在家裡不肯搬出去獨立。」

「唉呦，您過獎了。」

「能載到這麼熱情又開朗的小姐，我今天真走運。」

「司機先生，您要是跑業務，一定會是超級業務員，感覺客戶看到您就會自動打開皮夾。」

「我常聽人這麼說，但是跑業務太忙了，我得照顧家庭。不過您為什麼緊緊抱著那東西，好像很寶貝。是什麼呢？」

「什麼？」

「您抱得非常緊的……」

「……不過是個包包。」

我冷淡地戴上耳機，車內破舊的揚聲器也隨之沉默。果然和多話的計程車司機交談是多餘的。我沉默地看著窗外，漸漸遠去的風景，真舒服。我以前沒有留意過這些，但此時此刻，隨風搖曳的樹枝、匆忙的行人，還有路過的自行車都顯得格外親切。

耳機裡流淌出的音樂也很美妙。雖然是我無意中打開的音樂頻道，但我沒有切換。平時不怎麼聽的第三世界音樂也挺不錯的。即使是聽不懂的歌詞也能感受到情歌的韻味。這些陌生的音樂與曲調帶我進入一個未知的世界，如同第一次品嚐酒般沉醉。

在一切都美好的日子裡，即使計程車司機不時地透過後照鏡偷瞄我，我也不希望好心情被破壞。我將目光轉向了之前塞進口袋的明信片。

我一面想著，一年前我究竟寫了些什麼，一面展開了那張皺巴巴的紙。由於紙張被弄皺，上面的字跡扭曲，雜亂無章。這是怎麼回事？真奇怪。當我把它完全展開，仔細一看，才發現那根本不是我的筆跡。是不是因為耳機裡那混亂的第三世界音樂的影響呢？我拿下耳機，專心閱讀。

您好，我是曾經住在305室的房客。

現在搬走了。

不過我依然會路過這棟大樓。

有一天我收攤回家時，看見了306室阿姨。

因為許久不見，我正想打招呼，

但她在翻您的信箱。

她臉上都是腫起的瘀青。看起來像被打了。

我不確定和她在一起的大叔是不是她先生，

但他們好像在翻您的東西。這讓我感到不安。
昨晚，其他房間的燈都亮了，
我經過那位大叔身邊，恰好聽見他在打電話，
他問「為什麼還沒回家？」
那時，唯一沒亮燈的只有您家。
我希望我的擔心是多餘的，
但小心總沒壞處。
因此想提醒您一聲，如果打擾了您，還請見諒。

在這本應神聖而美好的日子，收到這樣一張奇特的明信片，真是倒楣到家。我試著重新閱讀一次，但發現字跡和第一次看的時候略有不同。這是所謂的「下墜式」字體嗎？每個字都在向下流淌。

原本清晰的字跡開始像冰淇淋般融化，我轉頭看向窗外，發現城市的輪廓似乎也在融化。感覺真奇怪。一切都像在水底一樣緩慢而沉重，整個世界彷彿成了融化的巧克力，緩緩地向下流淌，然後又像雨天在窗戶上滑落的雨滴一樣劇烈波動。

我的意識越來越模糊。當頭沉重到再也無法支撐時，我的臉傾向了某一邊，司機大叔放慢

了車速，停下車。他仔細地打量我，在我眼前揮動手臂，小心翼翼地問：

「您還好嗎？」

就在意識即將完全消散的瞬間，我突然想起來。

巧克力。

我渾身無力，當我意識到自己無法做出更多的反應，只能眨眼時，我盡力睜大了眼睛，表現出我能展現的最大善意。

我的舌頭變得異常僵硬和腫脹，感覺它不斷膨脹，幾乎填滿了整個口腔。我只能無力地眨眼，彷彿成了魚缸裡一條無助的魚。

我的時間感變得遲鈍，後座的車門被打開了，我隱約感覺到外面新鮮空氣的觸感。

「都處理好了嗎？」

「處理好了。」

男人靜靜地觀察著我的臉，然後輕拍我的肩膀說：

「沒事的，不用擔心。我們只是好奇你懷裡的包包裝了什麼。哇，真重。鈔票沒有寫名字。沒有主人的鈔票，我們想替它找個主人。喔，這麼說不對，我只是拿回屬於我的東西。」

兩個男人的話聲交織不清，我難以區別究竟是誰在說話。但他們的意圖十分明顯。他們輕鬆地解開了我緊握的手，拿走我緊擁在懷中的背包。我想保持清醒，想尖叫，試圖克服湧上來的疲憊感，但全身彷彿被沉重的石頭壓住，動彈不得。

住手……

即使我眼中充滿了憤怒，嘶吼求救，但我的聲音似乎傳不到外面。我雖知道自己不會躺在醫院的床上，在親人的包圍下安詳離世，可我也從未預料到我的人生會在這樣的憔悴又醜陋的男人面前結束。我恐懼、憤怒，而我的思緒逐漸麻木，味覺、聽覺、嗅覺、視覺和觸覺連結的神經彷彿一個接一個地斷裂。

如今，我的一切都取決於那個男人。他碰觸我的感覺消失了。我閉上沉重的眼皮，只剩下一絲微弱的意識在掙扎。唯一縈繞在我耳邊的，只有那貪婪的笑聲。那個聲音就像從水底傳出，模糊不清，我聽不清楚他在說些什麼。他的聲音黏膩地圍繞著我。

獵物一旦被捕食者咬住喉嚨後便無能為力，只能默默地等待死神降臨，或者在絕望中乞求凝視自己的捕食者大發善心，饒自己一命。他是否讀懂了我求饒的眼神？有個年輕男人說話了。

「不用擔心，我不會殺你的。我不喜歡冒險。我不殺人。反正你也不能去警察局。你睡一下，很快就會醒了。爸，我們把她放到無家可歸的女性專用收容所怎樣？往她的衣服上灑點酒，說她醉了，他們會收留她幾天的。還是說，我們把她放回３０２？」

「去收容所吧，那裡比較近。」

「裝錢的包包我來處理，這種現金，通過虛擬貨幣洗錢是最好的。」

「好，投資就交給你。等一下告訴你媽拿到的錢沒多少。她老是把錢捐給教會和巫師。」

儘管一直都是這樣，但在這一刻，我獨自嗟嘆我的悲慘命運。這種感覺很陌生又淒涼。我一直過著沒有家人、沒有國家的生活，最後，我也將消失無蹤。

隨著微弱的意識被憤怒填滿，一陣火焰在我內心燃燒，接著，我的腦海中爆發出一道耀眼的光芒，像是短路的電流最後一閃，緊接著，深沉的黑暗籠罩了一切。我的一生如跑馬燈般在這黑暗中一幕幕閃過，從過去到更遙遠的過去。當跑馬燈結束，我進入了全然黑暗的世界。

啪。隨著最後一個連結的斷裂聲響起，我陷入了徹底的沉睡。

尾聲

好累。但心中卻莫名湧現出一股活力。我的小攤位雖然不起眼，但每當有人認出我的獨創品牌「第三隻眼」時，我都會有種身心分離的奇妙體驗。這個本來用來掩飾我絕望內心的品牌，反而成為了我的驕傲。它超越了最初為掩蓋傷疤而創作的刺青，成為讓我展現出真實自我價值的東西。每當我的品牌和產品受到關注，我都感到無比喜悅。今日，我還替品牌添加了一個新口號：「More than meet the eye.」。眼見並非為實。

我依靠這股微弱的力量，走在回家的路上。每次路過我曾經居住過的大樓，總感覺自己在看著一座巍峨的城堡。與我現在的住處相比，那裡更寬敞，也更舒適，是我居住過的最豪華宮殿。

每晚黃昏時分經過，我總是感慨萬千。每扇窗戶透出的黃色燈光既溫暖又美麗，從遠處看更迷人。如果用長時間曝光鏡頭拍攝，所有的光線或許會交織成一張錯綜複雜的光軌照。

儘管我們各自生活在自己的小世界，看似互不相關，但我們最終是命運共同體。從近處看，堅固的水泥牆畫出了清晰的界線；但從遠處看，我們都透過光線相連，從未真正斷開連結。

在深邃的夜色中凝視這座大樓，我不禁聯想到一棵生機勃勃的大樹。住在這棵大樹上的人們，他們懷揣著何種情感生活呢？是出於生存的本能而活，還是因無法死去而苟延殘喘？雖然這棟大樓已然陳舊破敗，但在夜晚的包裹下，它展現出了別樣的魅力。與赤裸裸的白晝相比，夜晚能夠遮掩，令人遁形的陰影更加迷人。是夜晚的掩護賦予了它獨特的美麗。也許其他人也像我一樣，生活在自己編織的戲劇中，藏匿著真實的自己。

我還能再次沿著梯子攀爬嗎？還是我註定要從懸崖上墜落，粉身碎骨，走向盡頭？每次經過這棟大樓，我腦海中總是湧出無數的疑問，卻似乎永遠找不到答案。

在深思熟慮後，我意識到不費吹灰之力的墜落，遠比充滿力道的跳躍來得輕鬆。在抵禦無邊無際的沉重絕望並努力抬頭的過程中，我感受到了日益加重的壓力。我的頭，逐漸臣服於沉重的空氣，永遠只看著下方。絕望所激起的氣流變化，無情地將我引往深淵。

我剛到這裡時目睹過的那隻被輾壓的小貓屍體，至今依舊歷歷在目。牠明明白白地存在著，然而人們卻因為不適感而選擇迴避。每當面對這種令人心生叛逆的不適感，看著人們眼神迴避的模樣，我總會陷入沉思。這種心態是否就像看見渾身停滿蒼蠅的非洲孩童們的募款廣告時，人們會迅速轉台一樣？那種無法忍受的不適感，使得所有人都變成了冷漠的旁觀者。我開始擔心起來，或許有朝一日，我也會成為一個僅能永遠看著下方，被生活壓垮的人。

起初，那隧道的入口寬廣明亮，甜美的成功在隧道盡頭等待著我。然而，這條隧道如此奇特，它越來越狹隘與昏暗，到頭來，盡頭的光芒變成一個小點，之後徹底封閉。宇宙大爆炸理論——宇宙從一點爆炸而生，是否也意味著，逐漸縮小至一點的過程預示著死亡的來臨？被黑暗困囿，無法前行亦無法後退，這就是人生的寫照嗎？在年輕時就沉思著死亡，這是何等的悲哀，我還未能綻放屬於自己的花朵……我想活下去，我想勇敢面對挑戰……

當我正像單戀某人一樣持續拋出無回應的問題，一邊走過那棟大樓時，我突然想起了什麼。我想到早上放在302室信箱的明信片，好奇她是否看見了。於是，我走向信箱。要是遇到以前的鄰居怎麼辦？重回被趕出的大樓，總覺得有些羞愧。

咦？有點奇怪。明信片不見了。我抬頭看了三樓，發現302室的燈沒有亮著。於是，我又拿出紙張，走向路燈下的牆邊，把紙貼在牆上，寫下了留言。

您好，我是以前住在305室的房客。

我們曾經見過幾次，記得嗎？我身上有刺青……

今天早上我留了言給您，不知道您有沒有看見。

這是和306室阿姨同行男性的車牌號碼。

那是一輛計程車。以防萬一，我也把我的聯絡電話寫在下面。

如果您看到了，請聯絡我。

我總覺得不太放心，

假如明天還沒收到您的回覆，我會去趟警局。

我太擔心了，無法就這樣置之不理。

喀嚓，燈亮了。

我已經逐漸習慣走進新的黑暗潮溼空間，彷彿找到了屬於自己的一隅，內心湧起了一絲莫名的安定感。在這個潮溼的地方，我是否真的找到了歸宿？窮人所感受到的短暫舒適感，實則在無情地剝奪其逃離悲慘現實的勇氣。然而，在全然的黑暗中，我對那突如其來的人造光線，心生感激。

燈一亮，首先映入眼簾的是那些魚玩偶。它們分布在玄關、床邊和窗台，這裡就像一個小型水族箱。這些玩偶和這個充滿冰冷潮溼空氣的屋子顯得格格不入，讓人不禁感到惋惜。

那些魚玩偶曾是被用來對付３０４室的武器，隨後又被作為振奮人心的興奮劑使用，最後又化為精心挑選的禮物。

如果我是其中一條魚，我會是哪一種魚？或許，我就是食物鏈最底層，時時刻刻受周遭環境所擺佈，掙扎以求生存的弱小魚類。儘管表面看來，這個世界被法律與制度所主導，但在我眼中，它更近似權貴者的專屬財產與奢華玩物。或許我已經意識到了，那些未能擁有這些的低等生物，只能向高等生物乞求一抹良心才能生存。

在自然界的法則中，強者生存。而在我長久以來的認知裡，文明的真諦在於那些擁有深刻洞察力的人。然而，現在回想起來，這不過是雙關語。變得強大無疑是困難的，洞察一切卻相對容易。我，不過是選擇了後者，更簡單的道路。

我究竟是哪一種魚？

那些讓我不時回想起３０４室住戶和我弟弟的魚玩偶，是這間屋子的唯一顏色。黃、藍、紅、綠，在這如監獄的空間裡，這些絢爛的色彩是唯一讓人感受到生命活力的源泉。它們與我弟弟總是隨身攜帶、愛不釋手的娃娃，有著驚人地相似。

如果我的現狀是因為我曾對３０４室住戶懷有惡意所得到的懲處，那麼我甘心接受。哪怕是在夢中遇見她、我也願意下跪並獻上真摯歉意。我真差點成了別人口中的怪物。

這些玩偶是我覺悟的轉折點。它們是我險些淪為怪物的非理性行徑的見證。那些為了取悅304室住戶而掃蕩一空的三十多隻魚玩偶，成了我罪惡感的源泉，也是我僅存的一線良知。在那個關鍵時刻，它們成為了我內心深處的束縛。

我的罪惡感與良心或許不像這些魚玩偶般可愛，但為了讓心靈得以安寧，我必須將它們珍藏終生。我的下輩子要用來贖罪，直到受害者能寬恕我為止。現在304室住戶和我弟弟都已不在，我只能將這些玩偶細心收藏，直到我的生命迎來終結之時，我會再次真誠地表達歉意。我必須用一個深刻悔改者的姿態，而非一個駭人怪物的形象去面對這一切。從這一角度看，這個空間不再如過去一樣可怕，如果我將它視為一個反省與懺悔的空間，它就是奢華的。

我在床邊頹然坐下，心中充滿了壓抑。孤身一人在陌生人的家中沉睡，這種不適難以言表。儘管這裡已經成為我的新居。我環顧這個狹小的空間，發現牆壁上的暗色汙漬似乎變得更深了。我的心隱隱作痛。我厭惡的是這個陰冷潮溼的空間，還是窗台上那些長滿霉斑的魚玩偶呢？雖然清洗它們很麻煩，但我知道我必須將它們徹底洗乾淨並晾乾。這些色彩斑斕的玩偶是這個家的唯一活力源泉，一旦它們變得髒污，整個家也會變得混濁不堪。

我好不容易起身，就像身穿被浸溼的衣服一樣沉重。我提起腳跟，用雙手小心翼翼地收起窗台上的魚玩偶，準備拿到公共洗衣機清洗。就在這時，一隻魚玩偶從我手中滑落，發出了沉悶的聲響。我撿起那隻與304室住戶最喜愛的魚相似的玩偶，感受到了異常的重量。我上下翻看它，這不尋常的陌生重量讓我充滿疑惑。一隻魚玩偶怎麼可能這麼重？我不經意地將它的肚子朝天，細看，發現縫合之處的針線非常粗糙。出於好奇，我將手指伸了進去，沒想到魚肚子竟然裂開了。

小魚碎片在地板上四散開來。我目睹了一幕驚人的景象。

在那與我的皮膚一樣凹凸不平的地板上，白色的棉花與304室閃亮的小物品散落一地。難道是304室住戶母親的東西？在這個無人的房間裡，我環顧四周，呆呆地看著那些閃爍的東西。

我真的有權拿走這些東西嗎？

恐懼與震驚讓我的全身像被麻痺了一樣。除了眼睛，我如同一具僵硬的人體模型一樣站立不動，只能凝視著地面。

我的目光在那些閃爍的碎片和玩偶之間來回掃視。我感到一陣暈眩。我不斷地甩著頭，試圖重新集中注意力，內心卻如同掀起了驚濤巨浪，幾乎無法站立。

我努力集中激動的思緒，反覆思考，刑警說過的話在我腦海中模糊地迴響著。

「我們曾聯絡上304室住戶的母親，但當查明她的不在場證明後，她就斷了聯絡。她正在準備離婚，好像隱瞞了自己有個智力障礙的女兒。她擔心身為單親媽媽的身分曝光，在財產分配上會遇到麻煩。有像您這樣的人真是太好了。」

304室住戶的母親放棄了一切。

不，是拋下了一切。無論是不為人知的女兒，還是地上閃閃發光的物品的所有權，全都拋棄了。

這是304室住戶在懸崖邊伸出的救援之手嗎？還是隧道盡頭的光？我努力扭過頭，看向其他玩偶。我注意到有好幾條魚的肚子異常鼓起。

我就這樣坐下，泣不成聲。

【Mystery World】MY0028

四次敲門聲

作　　者❖凱西（케이시）
譯　　者❖黃莞婷
封面設計❖高偉哲
內頁排版❖HAMI
總 編 輯❖郭寶秀
編　　輯❖江品萱
行　　銷❖力宏勳

事業群總經理❖謝至平
發 行 人❖何飛鵬
出　　版❖馬可孛羅文化
台北市南港區昆陽街16號4樓
電話：(886)2-25000888
發　　行❖英屬蓋曼群島商家庭傳媒股份有限公司城邦分公司
台北市南港區昆陽街16號8樓
客服服務專線：(886)2-25007718；25007719
24小時傳真專線：(886)2-25001990；25001991
服務時間：週一至週五9:00～12:00；13:00～17:00
劃撥帳號：19863813　戶名：書虫股份有限公司
讀者服務信箱：service@readingclub.com.tw
香港發行所城邦（香港）出版集團有限公司
香港九龍土瓜灣土瓜灣道86號順聯工業大廈6樓A室
電話：(852)25086231　傳真：(852)25789337
E-mail：hkcite@biznetvigator.com
馬新發行所城邦（馬新）出版集團【Cite (M) Sdn. Bhd.(458372U)】
41, Jalan Radin Anum, Bandar Baru Seri Petaling,
57000 Kuala Lumpur, Malaysia
電話：(603)90563833　傳真：(603)90576622
E-mail：services@cite.my
輸出印刷❖前進彩藝股份有限公司
初版一刷❖2024年07月
定　　價❖380元
定　　價❖266元（電子書）

國家圖書館出版品預行編目(CIP)資料

四次敲門聲 / 凱西著；黃莞婷譯. -- 初版. -- 臺北市：馬可孛羅文化出版：英屬蓋曼群島商家庭傳媒股份有限公司城邦分公司發行, 2024.07
面；　公分. --（Mystery world ; MY0028）
譯自：네 번의 노크
ISBN 978-626-7356-82-1（平裝）

862.57　　113007558

네 번의 노크

ISBN：978-626-7356-82-1（平裝）
EISBN：978-626-7356-80-7 (EPUB)

城邦讀書花園
www.cite.com.tw